CB134179

KAREN SOARELE

LÍNGUAS DE FOGO

1º Edição

CUBO MÁGICO

Copyright © 2012 by Karen Soarele

Capa: Luís Brüeh

Revisão: Fabrícius Viana Maia

Dados Internacionais de Catalogação na Publicação (CIP)

K676l Soarele, Karen.

Línguas de Fogo / Karen Soarele. – Campo Grande: Cubo Mágico, 2012 – (Crônicas de Myríade; v.1).

216 p. ; 23 cm.

ISBN 978-85-65337-00-7

1. Literatura infantojuvenil. I. Título. II. Série

CDD: 028.5

CDU: 82-93

Índices para catálogo sistemático

1. Literatura infantojuvenil 028.5

2. Literatura juvenil 028.5

Todos os direitos desta edição reservados à

Cubo Mágico

Rua da Candelária, 682 – sala 1

CEP 79080-340 – Campo Grande/MS

www.cubomagicoeditora.com.br

Agradecimentos

Tanto tempo se passou desde que surgiu a ideia de escrever um livro! Desde o início, houve amigos que me apoiaram, me aconselharam, me inspiraram e me incentivaram a continuar nesta empreitada. Agradeço a todos que me acompanharam ao longo do caminho, me ofereceram sua amizade, leram meus incontáveis capítulos, que eu teimava em reescrever e reescrever novamente, e até àqueles que apenas perguntavam "já está pronto? Quando poderei ler?" Vocês são minha fonte de energia!

Dedico esta obra à minha família: meu pai, Matias, que me apoiou em todos os momentos, não importava a barbaridade que eu dissesse; minha mãe, Suzana, minha madrasta, Luciene, minha sogrinha, Arlete, meus queridos João, Vitória, Luana, Khirlayne, Maria Eduarda, Evellyn, Gazeta, Ellen e Daniel. Dedico especialmente a meu padrinho, Isidoro, uma fonte de inspiração e um exemplo a ser seguido. Agradeço, de coração, aos amigos que me apoiaram nesta jornada: Vinicius, Ivan, Dani, Priscila, Gabriel, Juliana e Diego.

Mas o maior agradecimento que eu tenho a fazer vai àquele que esteve ao meu lado nos momentos mais difíceis. Compartilhou comigo ideias, expectativas e angústias. Leu, releu e leu novamente, até decorar as falas dos personagens! Aquele que me fez as críticas mais dolorosas e, ao mesmo tempo, mais construtivas. Que, além de despender seu tempo me auxiliando, é também a maior alegria da minha vida. Luís, obrigada por todo o seu apoio e compreensão, e por todos os momentos que passamos e ainda passaremos juntos.

Sumário

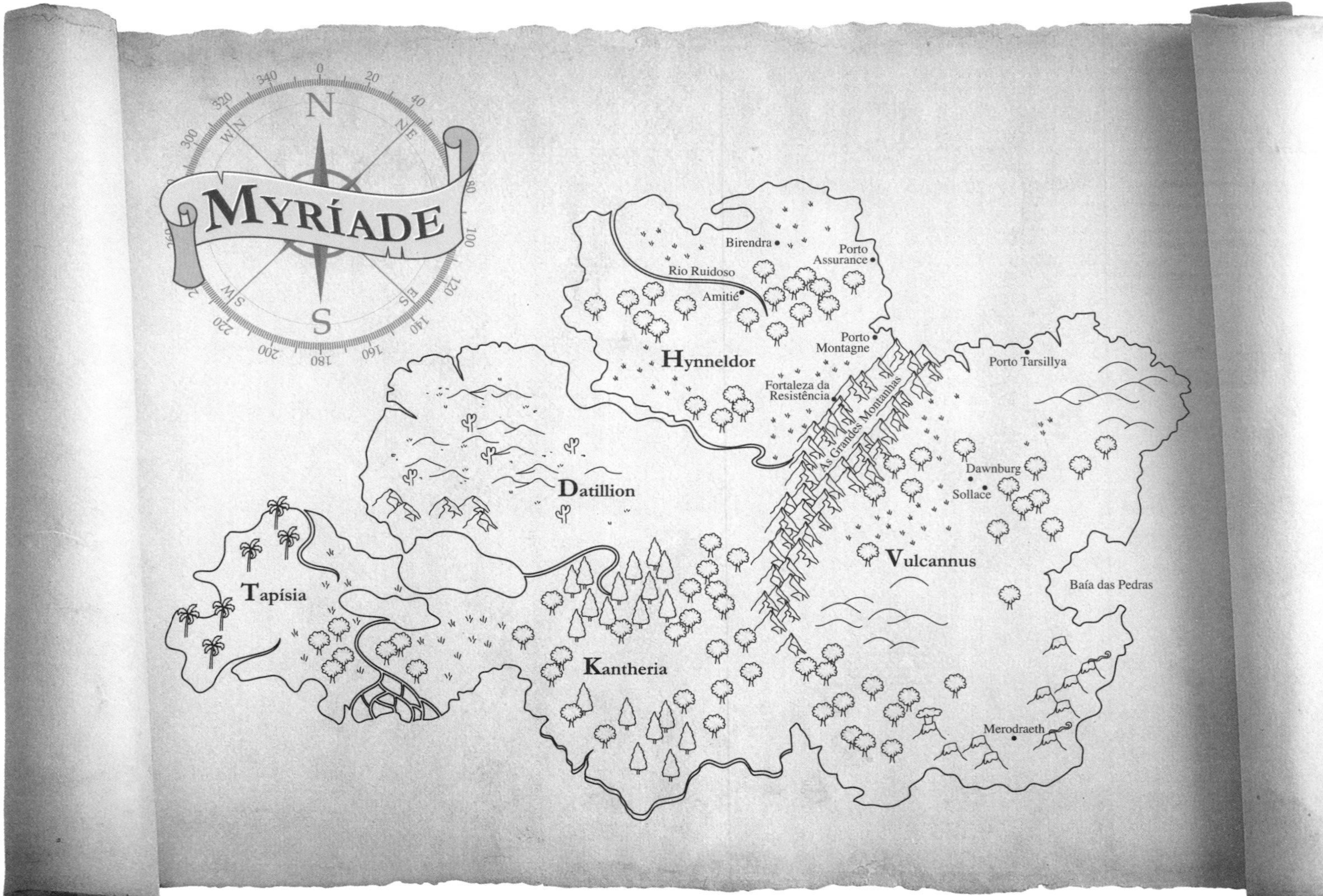
Myríade
N
S
Hynneldor
Birendra
Porto Assurance
Rio Ruidoso
Amitié
Porto Montagne
Fortaleza da Resistência
As Grandes Montanhas
Porto Tarsillya
Dawnburg
Sollace
Vulcannus
Baía das Pedras
Merodraeth
Datillion
Tapísia
Kantheria

Prólogo

Dharon sentiu uma forte pontada no peito, que fez seu corpo se contrair por inteiro. Tantas batalhas havia lutado, tantos inimigos derrotado, tantas pessoas tinha salvado... Dharon esperava um dia poder morrer em campo de batalha, derrotado por um inimigo incrivelmente superior, enquanto lutasse por algo em que acreditasse. Era quase uma decepção ter definhado pouco a pouco. Como as brasas, que, apesar de não estarem mais em chamas, levam tempo para se resfriar.

O último ataque havia sido forte, é verdade, mas não seria capaz de matá-lo, não fosse o veneno que consumia suas forças. Era apenas o golpe de misericórdia, que vinha para acabar com uma existência cada vez mais insignificante. Seu corpo se contorcia, enquanto a vida se exauria lentamente.

De repente, tudo se tornou silêncio e escuridão. Ele não via mais o aposento ao seu redor, não podia ouvir os soluços dos presentes, e até a dor desapareceu. Como se flutuasse, sentia como se não estivesse em lugar algum. Era um misto de alívio e sonho. Irreal e ao mesmo tempo inquietante. E só conseguia pensar em uma pessoa:

– Aisling, você está aí?

Capítulo 1
Morte Negra e Vermelha

– Aisling, acorde. – uma voz idosa sussurrou.

– Vovó? – a menina se sentou, esfregando os olhos. – Já é de manhã?

Através da janela, Aisling viu o céu azul muito escuro, quase negro. Sem nuvens, a escuridão era iluminada por milhões de pontinhos brilhantes. O sol ainda não tinha nascido, e ela queria aproveitar os últimos minutos de descanso.

Aisling tinha treze anos. Era uma menina pequena em tamanho mas grande em determinação. Seus cabelos loiros lhe desciam abaixo dos ombros, e estavam embaraçados e arrepiados após uma boa noite de sono. Seus olhos eram azuis muito claros, e exaltavam a transparência de sua índole. Mas, naquele momento, estavam muito pesados, teimavam em se fechar.

Ela estava prestes a reclamar de novo, quando a avó a pegou pelo braço e a levantou do colchão de palha. Ainda sonolenta, Aisling sentiu a avó vesti-la com um vestido leve, feito de algodão cru, que descia até a canela. Então sentiu uma capa de tecido grosso sobre seus ombros e aceitou passivamente o par de botas que sua avó lhe entregava.

– Vista, *rápido*! – Mandou a avó – não temos tempo a perder!

A avó também era pequena, e, em breve, sua neta a

ultrapassaria em altura. A pele cansada, as rugas e os fios brancos evidenciavam sua velhice. Estava a cada dia mais fraca e dependente da ajuda de Aisling, que era sua única família. Porém, naquele dia, em especial, seu cansaço era superado por pressa e preocupação.

Ainda olhando pela janela, Aisling sentia os olhos pesarem e se fecharem lentamente quando, de repente, algo a fez despertar completamente. Ouviu-se um grito de desespero vindo do lado de fora da casa. Em seguida, a plantação ali perto e a floresta mais ao longe, que ainda estavam submersas em escuridão, por um momento foram completamente iluminadas por uma luz vermelha e intensa.

– O que tá acontecendo, vovó?! – disse, vestindo rapidamente as botas enquanto a avó guardava coisas em um grande saco, que outrora transportara quilos de cereais.

– Não há tempo para explicar! Vamos embora, agora! Não, pela porta não! Saia pela janela!

Aisling obedeceu e logo estava do lado de fora. Com cuidado, ajudou sua avó a fazer o mesmo e pegou o saco. A idosa não tinha o vigor da jovem, mas estava decidida a sair logo dali.

Uma gigantesca labareda lambeu o telhado da pequena casa, enegrecendo a madeira e ameaçando incendiá-la. A avó agarrou Aisling pelo braço e arrastou-a morro acima, em direção à floresta. Sem saber para onde estava sendo guiada, a menina ainda olhava para trás, tentando decifrar o que se abatia sobre o vilarejo de Sollace.

A relva ainda estava úmida de orvalho, os campos cultivados ao redor do pequeno conjunto de casinhas, silenciosos como o medo. Não se ouvia o som das corujas, nem o cantar alegre das cigarras. Todos os ruídos da floresta cessaram – e até o próprio vento pareceu se calar – para dar lugar aos gritos e tropeços dos moradores do povoado, que corriam para todos os lados.

Em meio àquela confusão, Aisling finalmente percebeu o motivo do desespero: uma criatura desconhecida estava destruindo o vilarejo. Negra como a noite e grande como um leão, possuía uma longa cauda e se movia sobre as quatro patas, sorrateira pelos telhados das casas, aterrorizando e ferindo os aldeões.

Ainda correndo, Aisling viu a criatura se aproximar de Seu Cormac, o capataz daquelas terras. A criatura deu-lhe uma mordida. O grito do homem foi tão terrível que Aisling tropeçou nos próprios pés e caiu ao chão, derrubando o saco que carregava e perdendo contato visual por um segundo.

Quando olhou para trás novamente, o homem estava caído, imóvel. A criatura negra, quase invisível na escuridão da noite, esticou seu corpo em direção às estrelas e soou um grunhido terrível. Então tomou ar e, do fundo de seu corpo, cuspiu uma bola incandescente, que atingiu o telhado de palha de um estábulo, iniciando um incêndio.

Tudo se iluminou, evidenciando horror e carnificina. Aisling podia definir melhor o perfil da criatura. Cauda comprida, garras afiadas, dentes ameaçadores, pele escamosa, um par de asas raquíticas. Não voava, mas em um pulo alcançava o telhado. Serpenteava por entre as casinhas do povoado atacando os moradores alvoroçados, e parecia procurar por algo.

Muitos já haviam fugido, deixando tudo para trás, mas vários aldeões ainda corriam de um lado para outro, em uma tentativa vã de salvar sua família e seus bens. Do estábulo, uma horda de animais fugia do fogo. Cavalos, burros e galinhas escapavam como podiam, arrebentando cordas e destruindo as paredes de madeira já enfraquecidas.

E no meio do turbilhão de acontecimentos e gritos de socorro, um rapaz caminhou determinado em direção ao monstro. Seu caminhar logo se transformou em uma corrida. Espada em punho, tomou impulso, pulou e investiu bravamente contra a criatura.

O reflexo a fez se esquivar rapidamente, e ele errou o alvo por pouco, passando de raspão pelo pescoço escamoso. Não a feriu, mas conseguiu irritá-la. Agora toda a atenção da criatura havia recaído sobre ele. Dharon conquistara em parte seu objetivo; agora a criatura estava distraída e os moradores de Sollace poderiam fugir.

– Levanta, Aisling! – gritou a avó, puxando-a pelo braço, com a pouca força que a velhice ainda não havia levado embora. – Agora Dharon vai cuidar de tudo, venha!

Aisling obedeceu. Levantou-se e recolheu o saco do chão, mas não queria partir. Dharon era o guerreiro da vila, aquele que protegia os moradores, desde pequeno se dedicava a isso. Quando ela precisava ir à cidade vizinha, Dawnburg, ele a acompanhava e evitava assaltos. Acompanhava a todos que precisassem, e várias vezes já tinha colocado bandidos para correr!

Ele já havia viajado por toda Vulcannus em busca de treinamento. Sempre que partia, Aisling se sentia sozinha por semanas... Mas quando retornava, trazia consigo histórias maravilhosas sobre terras longínquas. Apesar disso, Aisling nunca o tinha visto em um combate de verdade, e não perderia essa oportunidade por nada!

Enquanto a avó tentava levá-la embora, Aisling assistia a Dharon enfrentar o monstro com todas as suas forças. Ele investia de inúmeras formas com sua espada, enquanto a criatura utilizava os dentes, as garras e a cauda para atacar.

Em poucos minutos, todas as pessoas e animais conseguiram se distanciar, fugindo pela ponte que atravessava o riacho e tomando a estrada de terra que ligava aquele pequeno vilarejo a Dawnburg. Mas Aisling continuava imóvel, os pés pregados ao chão, acompanhando apreensiva a intensa batalha que se desenrolava.

Durante a fuga dos moradores, Dharon fez de tudo para distrair a criatura: investia contra ela e em seguida corria por entre as casas, deixando-a furiosa; arremessava-lhe pedaços de madeira; berrava com ela. Agora que todos estavam em segurança, era chegada a hora de combatê-la de frente e terminar o confronto. Aisling estava empolgada com o momento, mas Dharon não se sentia tão animado assim.

Os olhos castanhos do rapaz e os vermelhos do monstro se encararam, todos os músculos rígidos, pupilas contraídas, coração palpitante. Dharon não tinha certeza sobre o que aquela criatura era, mas podia ver em seus olhos o instinto de predador e a determinação em batalha. Por alguma razão, sabia também que ela tinha um motivo para estar ali, e este motivo certamente não era saciar sua fome.

Estavam na praça central da vila. A criatura calmamente recuou, aguardou o momento certo, tomou impulso e disparou em direção ao rapaz, com ferocidade. Sem perder tempo, Dharon virou as costas e correu para um agrupamento de casas, onde poderia se esconder e pegar a criatura desprevenida.

Entrou e saiu por portas e janelas, correu, pulou, foi de um lado para outro da vila incendiada. O monstro vinha em seus calcanhares, esgueirando-se e destruindo tudo por onde passava. Não tinha medo do fogo, não tinha medo de nada. Serpenteava pelos destroços e, sem dificuldade, vencia os obstáculos impostos por Dharon.

Dharon estava em desvantagem naquele jogo de gato e rato, mas não havia outra opção senão correr. Sentia o movimento do monstro às suas costas, furioso e vingativo, entrando pela outra porta da casa de onde ele próprio saía. Não havia ninguém ali, apenas os dois em uma batalha de vida ou morte.

De repente, Dharon sentiu que não era mais perseguido. Confuso, olhou para trás. A criatura estava parada, o corpo esticado, seu peito inflava enquanto ela enchia os pulmões com o máximo de ar que podia.

Em um movimento instintivo, Dharon pulou para frente, deu uma cambalhota e caiu esticado no chão, ao lado de sua espada. A casa às suas costas ardeu em chamas. Recuperou a espada e rolou para longe enquanto a construção de madeira vinha abaixo. Levantou-se de um pulo, a espada em posição, os olhos lacrimejando por causa da luz e do calor.

A casa era uma fogueira gigantesca, línguas de fogo se erguiam em direção ao céu. Um emaranhado de madeira, palha e pedras incandescentes tornavam a vista alaranjada, uma nuvem de fumaça arranhava os pulmões. Sem aviso, de dentro dos destroços uma sombra negra se ergueu. A criatura avançou novamente, as garras prontas para matar. Mas Dharon estava preparado e, em vez de esquivar ou defender-se, surpreendeu a fera, avançando também sobre ela.

Um grunhido alto, um grito. O som de colisão.

Em cheio! A criatura cambaleou alguns metros, a espada de Dharon fincada em seu peito. Entoou um rugido alto, desta vez não para as estrelas, mas para si. Uma expressão de extrema dor. Seus olhos de predador variavam de vermelho-vingança a cinza-morte.

Aisling deu um pulo de alegria e desvencilhou-se da avó. Correu ladeira abaixo em direção à vila, com a velha gritando seu nome às suas costas. Foi em direção a Dharon, ainda carregando o grande saco, o outro braço aberto, na esperança de um abraço, a comemoração no olhar.

– Dharon, você conseguiu! – gritou ela, dependurando-se no pescoço dele. – Salvou a gente, de novo!

Mas a recepção do rapaz não foi nada calorosa. Ele estava sujo e suado, e automaticamente empurrou Aisling para trás. Seu olhar era de reprovação.

– Aisling! Por Caddock! Vá embora! – disse ele, em tom autoritário. A avó de Aisling descia a ladeira na velocidade que sua idade permitia, ainda gritando o nome da neta. – Vá com sua avó!

– Mas, Dharon... – Aisling ia argumentar, quando, de repente, Dharon a empurrou para o lado com violência. A menina foi jogada na terra e ralou o braço. Reclamou baixinho, sem entender coisa alguma. Antes que pudesse levantar a cabeça, porém, sentiu um vulto negro passar por ela. Quando olhou, descobriu que era a criatura. Estava em pé, e furiosa.

Um baque surdo e Dharon foi ao chão. Surpresa, Aisling ajoelhou ao seu lado. Num primeiro momento, os olhos do rapaz estavam comprimidos em dor, mas logo eles se tornaram inexpressivos e vidrados. O coração estava acelerado, ardia em febre. Dharon começou a tremer, estava prestes a ter uma convulsão. Sua camisa estava rasgada e ensopada de sangue; a marca das garras da besta, gravadas em suas costas. Aisling arregalou os olhos, sem saber o que fazer. Se ele não a tivesse empurrado, ela é quem estaria em seu lugar.

Sangue escorria lentamente pelo peito da criatura. Tão vermelho quanto o sangue de Dharon, contrastava com sua pele negra como a noite. Estava muito machucada, mas não morta. Ainda com a espada em sua carne, apreciou a queda de seu oponente. Seus olhos tornaram-se amarelos e encontraram o olhar indefeso de Aisling. Sem pressa, analisou a situação, girou o corpo de frente para os dois e caminhou. Sem saber o que fazer, Aisling viu a criatura crescer em sua direção, à medida que se aproximava.

Preparou-se para encher os pulmões novamente. Em breve, mais uma parte da vila seria transformada em cinzas. Tudo o que Aisling foi capaz de fazer foi abraçar Dharon, em uma inútil tentativa de protegê-lo do fogo que estava por vir.

Tudo aquilo tinha acontecido tão rápido que Aisling mal podia entender. Por um minuto, que pareceu se estender por uma eternidade, aguardou a ofensiva da criatura, o fogo ardente em sua pele. E, enquanto esperava, lhe veio à mente a lembrança de uma época feliz.

Capítulo 2

O Bardo que veio do Sul

Chegava ao fim um ensolarado dia de outono na Planície Central. Dharon estava sentado, ao ar livre, assistindo ao sol se pôr. As ferramentas de agricultura e caça já haviam sido guardadas, em breve as de culinária seriam postas em uso.

Sollace era um vilarejo pequeno, localizado no interior de Vulcannus, o grande reino do leste do continente de Myríade. A pequena vila era longe das praias do leste, dos vulcões do sudeste, das grandes cidades do sul; longe da fronteira do sudoeste, da longa cordilheira do oeste, longe do pequeno porto ao norte. Era longe de tudo!

Pertencia à extensa propriedade de Sir Derog Cyfoeth, que era um respeitado lorde e grande mago, controlador dos poderes do fogo. Em suas veias, corria o sangue dos seres mágicos que viviam em Vulcannus, os pistiros, e o que se dizia é que era uma grande honra servir àquele senhor. Mas, apesar de ouvir falar muito no nome de Sir Derog Cyfoeth, Aisling nunca o tinha visto pessoalmente.

Muitos outros vilarejos faziam parte das terras da família Cyfoeth, mas eram distantes de Sollace. Ali, menos de vinte famílias moravam e, para qualquer lugar aonde se olhasse, tudo o que se podia ver eram campos cultivados, cortados por uma floresta verde o ano inteiro, onde viviam cervos, coelhos e inúmeros pássaros. Tudo aquilo pertencia a Sir Derog, e todas as famílias que ali moravam lhe pagavam pesados impostos.

A única estrada que dava acesso ao vilarejo vinha do oeste, da cidade de Dawnburg. Aquela ficava à margem das terras de Sir Derog, não fazendo parte da imensa propriedade. Para chegar lá, atravessava-se uma ponte côncava sobre um riacho de água clara, cruzando por um pequeno altar de adoração, feito em pedra e erguido em nome de Caddock, deus que regia o reino e o povo de Vulcannus.

– Aisling! – gritou Dharon, ao vê-la chegar pela estrada.

Ela vinha com sua avó, de carona na carroça de Seu Cormac. Eram acompanhados por Adam Boyd, o guerreiro da vila e mestre de Dharon, que vinha montado em seu cavalo, Bainho. Todos retornavam de um longo dia no mercado de Dawnburg. Na época, Aisling tinha apenas oito anos.

A pequena caravana atingiu o fim da estrada, atravessou a ponte e, por fim, chegou à vila. Aisling deu um pulo da carroça, caindo em pé ao lado de Dharon. Seu sorriso não estava apenas em seus lábios, mas também em seus olhos.

– Tenho algo pra te mostrar! – disse Dharon, pegando Aisling pela mão e a puxando para longe. Estava com pressa, mas teve que aprender a ser paciente, quando a avó da menina interveio.

– Aisling – disse ela –, você vai me ajudar a guardar as mercadorias antes de ir brincar.

– Dharon – Adam chamou por seu aprendiz –, ajude também.

Dharon já sabia que "ajudar" significava "fazer todo o trabalho", e não gostava nem um pouco disso. Ele não tinha família e não entendia as necessidades de uma senhora de idade. Apesar disso, devia respeito a seu mestre, que o havia criado desde pequeno, e por isso obedeceu. Juntas, as duas crianças desceram tudo da carroça e levaram para a pequena despensa ao lado da casa onde Aisling vivia com sua avó. Minutos depois, estavam livres para dar uma volta. Aisling logo quis saber qual o motivo da agitação do amigo.

– Existe um bardo – disse ele – que viajou pelo mundo inteiro e veio parar aqui, na nossa vila!

– Puxa, que legal! – Aisling já tinha ouvido falar dos enigmáticos bardos, sábios viajantes que percorriam toda Vulcannus, para conhecer os mais diversos povos e lugares, e cantar aos quatro ventos suas alegres canções. – E onde ele está?

– Armou um acampamento na floresta, perto da grande pedra em forma de urso. Vamos lá!

Quando lá chegaram, a noite já havia caído. Era um acampamento simples, uma fogueira para cozer os alimentos, uma humilde barraca para protegê-lo do sereno, uma grande bolsa onde podia carregar todos os seus pertences.

Encontraram o homem limpando alguns peixes para fazer um jantar, e ele era bem diferente do que Aisling esperava. Alto, demasiadamente magro, trajava roupas coloridas, porém gastas e encardidas. Seu cabelo e sua barba eram crespos e compridos, e estavam muito sujos. Sorriu às crianças quando chegaram.

– Então esta é a amiga de que me falou? – perguntou ele.

– É. O nome dela é Aisling. – Dharon sentia-se orgulhoso em promover o encontro.

– Prazer, Aisling, pode me chamar de Ricochete. – o bardo disse, depositando os peixes já limpos em uma panela e colocando no fogo. Então abriu sua bolsa e, de seu interior, tirou um alaúde.

– Aisling, quer ouvir uma canção que eu compus?

A menina ainda estava intimidada em conversar com aquele estranho. Por isso, apenas acenou positivamente com a cabeça e se sentou em um toco de árvore, para ouvir. Ao alegre som do alaúde, Ricochete cantou uma música que era mais ou menos assim:

Na estrada caminho, a brisa no rosto,
a pele queimada, com sede e suor.
Porém nunca ligo, ainda ajunto:
Sou rico porque já cantei
Nos cinco cantos do mundo!

No calor de Vulcannus, com sede de guerra,
o fogo ardente dançava ao redor.
Vulcões expelindo, há lava, há fumaça
Prelúdios de um dia ainda melhor!

O vento é mais forte, sopra com carinho
Em meio às planícies lá de Hynneldor.
Os picos mais altos, estreitos caminhos
Amor sem medidas, a força maior!

Na estrada caminho, a brisa no rosto,
a pele queimada, com sede e suor.
Porém nunca ligo, ainda ajunto:
Sou rico porque já cruzei
Os cinco cantos do mundo!

A vida em Datillion é rica em ouro,
a morte é a resposta a toda questão.
Seus grandes desertos escondem segredos
De vida, de morte, de renovação!

Curiosidade é o ponto forte
que há em Tapísia, em todo aldeão.
Sua água corre, sempre transparente,
para todo lado, querendo ou não!

Kantheria é um mistério, pois pouco se sabe,
qual é a magia que há nesta nação.
Suas densas florestas apenas aguardam
Os tempos de glória que nunca virão!

Na estrada caminho, a brisa no rosto,
a pele queimada, com sede e suor.
Porém nunca ligo, ainda ajunto:
Sou rico porque voltarei
Aos cinco cantos do mundo!

Durante a música, Aisling se sentiu envolvida pela melodia, e até bateu palmas para acompanhar. Era, de fato, uma bela canção. Mas, em certo momento, percebeu que a letra não falava apenas de viagens por Vulcannus, mas também por seus reinos inimigos.

– Bravo! – Dharon disse, empolgado. Ele mal havia prestado atenção na letra. – A vida como viajante deve ser maravilhosa! Viajar pelo mundo, conhecer pessoas! Ver o mar do leste, os grandes vulcões, percorrer as estradas de toda Vulcannus, até as montanhas do oeste!

– Até as montanhas do oeste, e além! Viajar por toda Myríade, de norte a sul e de leste a oeste! – completou Ricochete. Neste momento, um incômodo silêncio se fez. Aisling olhou com desconfiança para Dharon, que respondeu ao olhar dela com timidez.

Era além das montanhas do oeste que se localizavam todos os outros reinos. Lá, outros deuses eram adorados. Deuses decadentes, que davam a seus seguidores poderes relativos a elementos mais fracos que o fogo. Quem gostaria de ir pra lá? Lá não tinha nada para se ver, apenas coisas ruins e pessoas piores ainda, que dominavam elementos inferiores, e se atreviam a chamar aquilo de magia.

Vulcannus, por sua vez, era o reino mais próspero, mais rico, protegido e estável. Em seu território viviam pessoas inteligentes, fortes e astutas, especialmente em se tratando do exército. Todos os soldados eram de famílias tradicionais, ricas, e exibiam o dom de controlar o elemento mais puro, mais belo e mais poderoso: o fogo. E seu deus, Caddock, representava a superioridade da força, aliada às estratégias e bravura: era o Deus da Guerra.

Ricochete estava, naquele momento, no melhor lugar em que poderia estar. Além de todas as suas qualidades, o reino de Vulcannus estava vencendo a guerra que se desenrolava há incontáveis gerações. Então, porque iria querer sair dali? Aquele bardo era uma pessoa esquisita, e seu discurso só gerava ainda mais desconfiança.

Um chamado ao longe despertou Aisling de seus pensamentos. Sua avó chamava por ela, aos gritos, da porta da pequena casa, sem saber ao certo de qual direção a neta surgiria. – Aisling, venha comer! – ela dizia.

Aisling lançou a Dharon e Ricochete um olhar significativo.

– Até outra hora, senhorita. – despediu-se o bardo.

– Até! – respondeu com um sorriso nervoso. – Dharon, você vem?

– Sim... acho que preciso fazer a janta do Adam.

Os dois se despediram do novo e estranho amigo e voltaram juntos para a vila. A essa altura, a avó já tinha voltado sua atenção para dentro de casa.

– Aisling, preciso te contar uma coisa. – disse Dharon, antes de ir cada um para seu lado. – Estou pensando em virar bardo!

– Virar bardo?! – Aisling olhou Dharon dos pés à cabeça. Ele tinha doze anos, e acabara de terminar um longo dia de trabalho. Seu cabelo castanho, além de mal aparado, estava todo embaraçado, ensebado e cheio de terra. A pele marcada pelo sol exibia vários cortes e hematomas, resultado do árduo treinamento que recebia de seu mestre. E as roupas, então? Aquela mesma velha camisa de trabalhar, que ele usava quase todo dia, e nunca mais voltaria a ser branca... Então Aisling teve uma breve visão do bardo Ricochete, roto e sujo, tocando o pobre instrumento com as mãos sujas de peixe, e chegou a uma conclusão: – É, até que combina!

– Você acha mesmo? – Dharon sorriu, triunfante.

– Não! – Aisling exclamou, fazendo com que o sorriso do menino durasse pouco. – Dharon, pra que você quer isso? Quero dizer, você já *tem* um mestre, você vai ser o guerreiro da vila depois que Adam for pro treinamento dos Furiosos!

Quase toda vila de Vulcannus tinha seu próprio guerreiro, cujo dever era proteger os moradores. Os mais valentes, ao atingirem certa idade, se tornavam parte integrante do exército do reino, os denominados Furiosos, os únicos que não dominavam os poderes do fogo, mas eram aceitos como soldados. Seguir este destino era o grande sonho de Adam Boyd, e ele preparava Dharon para dar continuidade a seu legado.

– Aisling, eu não quero ser o guerreiro da vila!

– Não quer? Mas é tão bonito, você ajuda as pessoas!

– Sim, ajuda, mas não ganha nem um "muito obrigado" em troca! As pessoas nem olham na sua cara, acham que você não tá fazendo mais que a obrigação. Não quero fazer isso! Quero viajar o mundo! Ser livre, como... como uma andorinha, que vai embora no inverno e volta no verão! Este lugar não é suficiente pra mim!

Toda aquela conversa deixava Aisling desconfortável. Dharon era seu único amigo, a única pessoa que entendia como era difícil crescer sem pai nem mãe, e que, assim como ela, precisava aturar a chacota das outras crianças. Ela não queria vê-lo partir como bardo. O fitou com seus enormes olhos azuis, e sua voz saiu rouca quando falou.

– Se você for embora, eu vou ficar sozinha.

Dharon sentiu um aperto no coração. Ele já tinha refletido que teria que deixar tudo e todos para trás, mas dizer que não se importava com isso seria uma mentira. Mas de todos os que conhecia, sem dúvida a pessoa de quem mais sentiria saudades, mais do que de seu próprio mestre, seria Aisling.

– Eu... volto pra te ver – ele murmurou, evitando encarar o olhar preocupado de sua amiga.

Eles se despediram. Aisling foi comer com sua avó e Dharon foi preparar a última refeição do dia de seu mestre. Aquela foi uma noite difícil.

■

No dia seguinte, Dharon realizou todas as suas tarefas matinais. Ao fim, o mestre o chamou perto de sua cabana. Inicialmente, ele imaginou que seria um treino de espada rotineiro, mas Aisling estava lá.

– Dharon – disse ele –, Aisling me disse que você pretende abandonar o treinamento como guerreiro. *Explique-se!*

Dharon gostava de Adam, os dois tinham um bom relacionamento, como se fossem pai e filho. Porém, apesar deste relacionamento, qualquer um que os visse saberia que os dois não possuíam nenhum parentesco, pois eram muito diferentes fisicamente.

Adam era um homem com mais de vinte anos. Para Dharon e Aisling, isso significava muito velho; para a avó da menina, significava que ele ainda era jovem demais para cuidar de uma criança como Dharon. Ele tinha cabelo loiro, comprido até o queixo, levemente encaracolado. Sua pele era clara e seus olhos, verdes e tranquilos. Não era alto nem baixo, gordo nem magro, mas era bem forte.

Dharon possuía a pele bronzeada, o que, somado a seus olhos e cabelos cor de terra, formava um incrível contraste com seu alvo mestre, quando estavam lado a lado. O menino era magro, e ainda era pequeno, não tinha passado pelo crescimento repentino da adolescência. Como aprendiz, seus acertos eram elogiados e seus erros, que não eram raros, eram punidos com uma bronca do mestre e, algumas vezes, com castigo.

Naquele dia, em especial, Adam estava irado. Sua expressão carrancuda eliminava a tranquilidade de seus olhos verdes. Sua testa se franzia cada vez mais, enquanto aguardava a resposta do aprendiz. Dharon, sabendo que não conseguiria explicar seus motivos naquele momento de pressão, tentou desviar a atenção de si, acusando outra pessoa.

– Não acredito que você me dedurou! Me traiu! Não dá pra confiar em você! – gritou com Aisling de repente, como nunca havia gritado. A menina se assustou e seu rosto se comprimiu numa expressão que misturava susto e tristeza, como se quisesse dizer "fiz isso porque achei que era o certo, por favor não brigue comigo", mas ela não conseguiu dizer o que pensava.

Dharon se sentiu terrível. Inesperadamente, abandonou a conversa e saiu correndo através da plantação, em direção à grande pedra em forma de urso no interior da floresta. Adam olhou para Aisling com um olhar duro.

– Deixe que ele vá falar com o bardo. Ele vai voltar. – deu as costas e entrou na cabana. Por um momento, Aisling hesitou. Então, se levantou e correu atrás de Dharon.

Quando ela chegou à clareira onde o bardo se instalara, deparou-se com os dois, Dharon e o bardo, juntando todas as coisas dentro da grande bolsa. Estavam com pressa.

– Aisling, volte pra casa! – Dharon gritou, nervoso.

– Rápido! – interrompeu o bardo, jogando a bolsa por cima do ombro, indiferente à presença da menina. – Eles estão chegando!

Disse isso e correu pela floresta. Dharon deu as costas a Aisling e disparou atrás dele, mas foi seguido pela menina. Um por vez, os três chegaram ao riacho que contornava o vilarejo, mas, ao contrário da entrada de Sollace, naquela altura não havia ponte.

Ao alcançar o obstáculo, Ricochete segurou sua bolsa pela alça, rodou-a em círculos e atirou-a. A bolsa descreveu um arco no ar, por sobre o estreito e profundo riacho, caindo do outro lado. Então ele mergulhou e atravessou a nado. A água estava quente, como era comum aos rios e lagos de Vulcannus.

Em seguida, Dharon chegou. Não tinha nada nas mãos, então também pulou no rio e nadou. Por último, Aisling surgiu na margem. Seu coração gelou. Olhou para as águas ameaçadoras a seus pés, e para seu amigo, adiante, que partia.

Ao chegar encharcado ao outro lado, Dharon instintivamente olhou para trás e viu Aisling que, cuidadosamente, colocava o primeiro pé dentro da água. Então colocou o outro. Deu um passo. Mais um. A cada passo que dava, o nível da água subia.

– Aisling, *volte!* – ele gritou.

– Deixa ela pra lá! – disse Ricochete a seu lado.

– Ela não sabe nadar! – mas, lentamente, estava tentando atravessar o riacho andando.

– Vamos embora! – gritou o bardo, segurando o menino pelo braço e o obrigando a seguir em frente. Dharon tentou se desvencilhar da mão de Ricochete, mas ele estava segurando forte demais.

Dharon então ouviu Aisling escorregar nas pedras do riacho e cair na parte mais profunda da travessia. Com força, Ricochete ainda o arrastava para longe dali. Dharon tateou a cintura, em busca de sua faca de caça, mas a havia deixado na vila. Sem alternativas e sem pensar, deu-lhe um chute na canela.

Ricochete deu um berro de dor e de susto e, por um instante, soltou Dharon. O menino aproveitou a oportunidade e correu de volta por onde vieram. Porém, antes que pudesse chegar ao riacho, viu que outra pessoa pulava de ponta na água.

Seja lá quem fosse, foi em direção a Aisling, a segurou com

firmeza e a levou de volta à terra firme. A menina não mais se debatia na água, já havia perdido o fôlego.

Dharon rapidamente voltou a atravessar o riacho e encontrou os dois na margem oposta. O rosto de Aisling estava pálido como gelo, e, com o passar dos segundos, tornou-se arroxeado. O homem que a tinha tirado da água era bonito e musculoso, e tinha algumas cicatrizes pelo corpo. Em seu braço esquerdo, ostentava um símbolo que Dharon conhecia bem: uma estrela de oito pontas atravessada por uma espada. O brasão dos Furiosos.

Ele olhou para a outra margem. Ricochete estava correndo para longe, o mais rápido que podia. Em um piscar de olhos, o homenzarrão se pôs em pé ao lado de Dharon, pronto para perseguir aquele que fugia.

– Por favor! – implorou Dharon. – Não deixa ela morrer!

O homem encarou o menino. Com um último olhar para o bardo, ele desistiu de sua busca. Murmurou um insulto qualquer e se agachou novamente ao lado de Aisling. Ele sabia que estava perdendo uma oportunidade única de capturar o traidor.

Dharon ajoelhou e observou com atenção enquanto o homem virou a cabeça da menina de lado, e muita água escorreu por sua boca. Então ele soprou ar pela boca dela várias vezes, em um momento de muita tensão. Até que ela cuspiu e tossiu, e estava de volta ao mundo dos vivos.

Aisling abriu os olhos e logo os fechou em uma expressão de dor, abraçou Dharon e pôs-se a chorar. Dharon a embalou em seu colo, e agradeceu o homem por aquilo.

– Não me agradeça. Qualquer um teria feito o mesmo.

"Qualquer um que não estivesse mais preocupado em salvar o próprio pescoço", pensou Dharon.

■

Quando voltaram à vila, uma pequena multidão os aguardava. Aisling correu a abraçar a avó, enquanto Dharon voltou para seu mestre de cabeça baixa. Os dois ainda estavam molhados.

Uma figura desconhecida se fazia presente. Era uma mulher de corpo escultural, mas com algumas características muito peculiares. Sua pele era vermelha, muito vermelha. Algumas pessoas possuem a pele vermelha, mas a daquela mulher ia muito além dos níveis da normalidade. Era como se tomasse sol o dia todo, mas nunca descascasse. Era vermelho-vivo.

O cabelo, usava solto e comprido até a cintura. Era um cabelo liso e negro como a noite. Tão negro que quase se podia ver um intenso brilho azul. Um azul que não refletia a luz de fora, mas que reprimia o fulgor que vinha de dentro.

As crianças já tinham ouvido falar sobre gente com essa aparência, mas não sabiam que veriam uma tão em breve. Aquela mulher não era humana, mas pertencia à raça dos pistiros. Seres muito ligados ao fogo, os pistiros em sua maioria moravam dentro dos grandes vulcões, inacessíveis aos homens comuns. Aquela mulher, entretanto, vinha da linhagem dos Carnell, uma nobre família de pistiros que há gerações viviam nas cidades humanas, apoiando a realeza e influenciando no poder.

A mulher usava roupas de tecido nobre e resistente, calça, botas e blusa, coberta por uma túnica negra. A túnica ostentava, no peito, o brasão do Exército de Vulcannus e quatro estrelas, que indicavam sua patente de coronel. Estava tranquila, mas oferecia aos moradores daquele lugar um olhar de desprezo que beirava o nojo.

Ao chegar, o homem grande e forte que havia salvado Aisling curvou-se perante a pistiro, que era muito menor do que ele.

– Senhorita Kendra, lamento informar que o fugitivo escapou – disse.

A bela mulher respirou fundo e engoliu a decepção.

– Este homem, conhecido como Ricochete, é *perigoso* – disse ela, alto e claro, a todos os presentes. – Ele roubou segredos da coroa de nossa amada Vulcannus, e ameaça entregá-los a nossos inimigos, os rebeldes do reino de Hynneldor. Entendem o que isso significa? Com essas informações, Datillion e Hynneldor poderão ameaçar nosso triunfo!

Todos ficaram alvoroçados. "Que coisa horrível!", pensaram. "Vão nos atacar, escravizar nossos filhos!" e "Caddock derrube nossos inimigos" alguns disseram.

– Qualquer nova informação sobre ele deve ser imediatamente comunicada ao Exército de Vulcannus. – dizendo isso, Kendra estalou os dedos, e ali, flutuando sobre seu indicador, se fez uma pequena chama. Ela observou o fogo, encantada com sua propriedade calmante, enquanto continuava a falar aos moradores daquele lugar. – Vamos pegá-lo, não tenham dúvidas, e ele vai ter o que merece. – ao encerrar a frase, arremessou a pequena esfera de fogo mágico em uma árvore ao longe. Sem hesitar, a árvore partiu ao meio, exatamente onde o fogo a tocara, e foi ao chão.

Sem se despedir, a mulher montou em um belo cavalo negro que até então estivera amarrado a um poste, e trotou em direção à estrada. Seu subordinado fez uma mesura aos presentes, montou em seu próprio cavalo e a seguiu. Os moradores de Sollace se dispersaram enquanto os dois atravessavam a ponte e faziam a curva na estrada, desaparecendo da vista.

Dharon estava ao lado de seu mentor, que se virou e se retirou, dizendo:

– Vamos para casa.

Aquilo significava que Dharon seria perdoado pela desobediência, mas não sem ouvir um sermão antes. Ele estava aliviado. Depois do que passara, estava pronto para ouvir qualquer bronca se isso significasse que tudo voltaria ao normal. Virou-se então para seguir o mestre de volta à cabana, mas alguém impediu seu caminho.

— Muito obrigada por salvar minha neta! — a avó de Aisling o sufocou em um forte abraço. Os olhos da velha senhora estavam fechados, mas isso não impedia as lágrimas de rolarem em abundância. Aisling se aproximou delicadamente e abraçou ambos.

— Vamos pra casa, vovó. — disse a menina. A velha ainda chorava copiosamente, mas obedeceu como uma criança. Foi conduzida pela neta até a porta de casa, de onde Aisling lançou um último olhar a Dharon e, sem emitir som, mas apenas com o movimento dos lábios, disse "obrigada".

— Mas eu não fiz nada! — Dharon disse mais tarde a seu mestre. — Foi o Furioso quem a salvou...

— Além de não ter feito nada, foi *você* quem a colocou em perigo. — Adam Boyd tinha sempre uma sinceridade perturbadora em suas palavras. Dharon sabia que ele estava com a razão, e isso lhe pesava no peito. — Mas entenda isso como um agradecimento antecipado por tudo o que você fará por essas pessoas — completou o mestre.

Os dois conversavam enquanto comiam um jantar feito por Dharon. Naquele dia, a comida estava boa, mas a conversa estava amarga.

— Mestre, eu não sei se quero ser o guerreiro da vila. Fiquei impressionado com o Furioso, e tudo o mais... Ele era forte e tinha uma missão, mas mesmo assim deixou tudo pra lá pra ajudar a Aisling... — Dharon fez uma pausa. Ele mal conseguia imaginar a culpa com a qual teria que viver se o Furioso não tivesse ajudado sua amiga.

— Mas você ainda está encantado com o bardo. — Adam concluiu a linha de pensamento do menino.

— Isso. Eu quero ser livre, ir e vir. Conhecer várias cidades deve ser incrível!

— Dharon, me responda uma coisa: você sabe qual é o motivo de eu ficar sempre aqui no vilarejo, e apenas ajudar as pessoas no percurso para Dawnburg de vez em quando, sem nunca ir a outro lugar?

A resposta de Dharon veio em forma de negação com a cabeça. Ele nunca tinha feito essa pergunta ao mestre, mas imaginava algum tipo de regra chata, para que cada guerreiro estivesse sempre na vila que protegia. Então, para surpresa do aprendiz, Adam esclareceu:

– Eu estou sempre aqui porque eu quero! Eu gosto daqui! Mas posso partir quando bem entender.

Dharon abriu a boca, mas não disse nada. Várias ideias maquinavam em sua cabeça, enquanto o mestre continuava a falar.

– Eu estou aqui hoje por causa de um sentimento que seu amigo Ricochete desconhece: chama-se lealdade. Bardos não são leais aos lugares, nem às pessoas. Não são leais a nada! Pensam só em si próprios. É isso que você quer para você, Dharon?

– Não... – respondeu o menino com a voz trêmula e olhando para o chão. – se dependesse do Ricochete, Aisling teria morrido!

– Aisling é só uma menininha. Sem pai nem mãe, ela tem apenas a avó para cuidar dela. O que será dela quando a avó se for? – houve uma pausa em que os dois apenas concordaram com o olhar. – Dharon, em breve serei chamado para o treinamento dos Furiosos. Depois disso, não terei escolha: viajarei em nome do exército de Vulcannus, acompanhando um oficial. E Sollace precisará de você.

– Mas então eu posso ser o guerreiro da vila e, ainda assim, sair de vez em quando para conhecer a vida em outros lugares?

– Claro! – respondeu o mestre, com um sorriso. – Você pode viajar pelo mundo e continuar realizando grandes feitos. Lá e aqui!

– Uau! – Dharon estava estarrecido. – Eu posso ser livre... como uma andorinha!

– Andorinha, é? Que bobagem! Tudo bem, elas viajam

milhares de quilômetros todos os anos... Mas só fazem isso porque não aguentam o frio do inverno! – dizendo isso, o mestre colocou a mão sobre a cabeça do aprendiz. – Seja apenas livre como um homem. Como todo homem deve ser! Livre não só para ir e vir, mas também para agir e pensar por si só. Livre para decidir qual é o caminho certo.

– Entendido, eu já me decidi! Quero ser o guerreiro da vila e ajudar as pessoas, cuidar da Aisling, viajar. Quero conhecer o mundo! Depois, vou me unir à Força dos Furiosos para honrar o nome do meu mestre. E quando estiver pronto, vou salvar o amigo de alguém que precise muito de mim, assim como aquele Furioso salvou minha amiga.

Ao dizer isso, o olhar de Dharon não era mais o de uma criança assustada, que confia cegamente nas palavras dos adultos. Era um olhar sério e firme, um olhar decidido. O olhar de um homem.

– Por favor, mestre, me ensine o caminho.

Capítulo 3

Fuja para o Norte!

Aisling voltou à realidade de súbito. Estava abraçada a Dharon, e a estranha criatura cuspidora de fogo se aproximava lentamente. Logo daria um fim à vida dos dois. Dharon sangrava e se contorcia, estava sem condições de continuar a batalha.

Aisling se arrependia amargamente do dia em que correra atrás do amigo para pedir-lhe que não fosse embora da vila, viver como bardo. "A uma hora dessas, ele estaria admirando o nascer do sol no mar do leste", pensou.

De fato, o céu já estava azul claro, e o sol ameaçava lançar os primeiros raios do dia sobre a terra. Um cenário bonito para a queda de um bravo herói como Dharon, morto em batalha para salvar seus amigos.

"Mas espere um minuto", pensou Aisling, "não estamos mortos, *ainda!*". Em um momento de extrema coragem, Aisling decidiu que enfrentaria o monstro. Pegou do chão a primeira pedra que conseguiu encontrar e, com um pulo, se pôs em pé.

A criatura foi surpreendida pelo olhar desafiador da menina, e não teve dúvidas quanto a atacar. Já com os pulmões preparados, soprou com toda sua força, o calor invadiu-lhe a garganta e foi expelido pela boca, em forma de labareda.

Aisling pôde ver o fogo se aproximar, como se o tempo

passasse devagar. Um estalo laranja, que se transformava ora em amarelo, ora em vermelho. Trazia consigo um calor intenso, ardente.

A menina encheu os pulmões e tampou a respiração, pronta para arremessar a pedra. Mas, antes que pudesse fazer qualquer movimento, uma pessoa se colocou entre ela e as chamas escaldantes que se aproximavam. Aisling arregalou os olhos ao ver quem era, e tudo o que conseguiu fazer foi lançar um grito, do fundo de sua alma.

– VOVÓ, NÃO! – mas era tarde demais. As chamas se aproximaram da idosa rapidamente e se precipitaram sobre sua pele.

Para espanto de Aising, algo inesperado aconteceu. O fogo não conseguiu tocar sua avó. Ele foi expelido pelo monstro em sua direção, mas, ao se aproximar, fez uma curva e foi arremessado ao céu.

– Aisling – disse a velha –, ouça-me com atenção.

O fôlego da criatura acabou e, com ele, cessou-se o fogo. Ao ver que seus inimigos ainda o encaravam em pé, o monstro ficou confuso, e muito insatisfeito. Dobrou as patas e se preparou para saltar sobre eles.

– Isso é uma salamandra! Um monstro das profundezas dos grandes vulcões. Flagelo dos lobos, maior arma dos pistiros. Ela não vai parar de atacar até que um pistiro venha contê-la!

A salamandra saltou a uma altura incrível. Seu movimento descreveu um arco no ar, e ela se preparou para cair exatamente em cima dos três. Aisling se encolheu e fechou os olhos com força. A avó manteve o olhar fixo na criatura, então dividiu o peso do corpo igualmente entre as duas pernas e jogou as mãos para o alto, como se pudesse pará-la com as mãos nuas.

Aisling olhou para cima bem a tempo de assistir à salamandra se chocar contra um escudo invisível e cair para o lado. Confusa, investiu novamente contra os três humanos, mas seu golpe bateu novamente em algo invisível, e não os atingiu.

Aisling procurou o motivo de tudo aquilo. Olhou em volta e nada viu. Então esticou a mão em uma direção qualquer e pôde sentir, na ponta dos dedos, que algo os protegia. Era uma forte corrente de vento que formava uma barreira intransponível, em forma de concha, sobre eles. E a responsável por aquela barreira era sua avó.

– Não faça perguntas! – disse a avó, sem delongas. – Não vou aguentar por muito tempo. Por isso, *obedeça.*

Qualquer poder mágico que não fosse relacionado ao fogo era crime em Vulcannus. Todos sabiam! E isso fazia da velha senhora uma traidora. Mas, apavorada que estava, Aisling ficou feliz em saber que, por tantos anos, a avó escondera um segredo que, por fim, salvaria suas vidas. A salamandra continuou tentando atacar por todos os lados, mas tudo o que fazia era inútil.

– Dharon foi ferido pelas garras da salamandra, e elas possuem um veneno mortal – explicou a avó, ainda concentrada na magia que sustentava. – Só há um lugar em Myríade onde você pode encontrar a cura, mas quase ninguém sabe disso. Se você não fizer exatamente o que eu mandar, ele vai *morrer!*

Aisling olhou novamente para Dharon. Sangue ainda brotava de suas feridas, um vermelho vivo que escorria, envolvendo-se e misturando-se a um roxo amargo, que era o veneno da criatura.

– O que eu tenho que fazer? – gritou a menina à avó.

– Leve-o daqui! Siga até Dawnburg, e tome a estrada para o norte, para Porto Tarsillya. Pegue então o navio para Hynneldor. Lá você encontrará a cura.

– Hynneldor? Mas, vovó... Eu nunca saí de Sollace, o mais longe que já fui é Dawnburg, quer que eu vá até um reino inimigo?!

– Inimigo? Aisling... Não precisa ter medo, vá! Não pare por nada, corra o mais rápido que puder!

– Mas...

– Eu vou ficar bem. Nos veremos em Hynneldor. Agora, vá

logo. Não posso cuidar de nós duas! Pegue Dharon e vá!

Aisling olhou de Dharon para a avó. O coração acelerado, não sabia se ficava e tentava ajudar, ou se fugia. Não fazia ideia de onde estava se metendo. A criatura continuava tentando transpor a barreira, e a avó já estava visivelmente cansada.

– Vá logo, se não ele vai morrer e a culpa será sua! Não vou conseguir sustentar esta magia por muito mais tempo!

Aisling segurou Dharon pelos ombros e, com ajuda do pouco de consciência que ainda restava ao amigo, obrigou-o a se sentar. Então ergueu os braços dele, um por vez, passando-os por volta de seu próprio pescoço.

– Vamos, Dharon. Eu não vou conseguir sem sua ajuda.

Mal conseguindo diferenciar delírio de realidade, Dharon ouviu as palavras de Aisling e firmou os pés no chão. Apoiado na amiga, levantou vagarosamente. Ele era muito pesado, e Aisling se perguntava como fugiria daquele lugar e viajaria até Porto Tarsillya arrastando Dharon pela estrada.

Sua pergunta foi respondida quando olhou para a ponte da vila. Ali, parado a certa distância, estava quem, na opinião de Aisling, era o melhor cavalo do mundo. O cavalo que nunca abandonava o seu dono.

Bainho era um cavalo castanho escuro, com uma mancha branca no meio da testa. Era o cavalo de Dharon, herdado de Adam, juntamente com a alcunha de Guerreiro do Vilarejo de Sollace, na ocasião em que o mestre fora aceito no treinamento dos Furiosos e deixara a vila para nunca mais voltar.

Era um cavalo de quase vinte anos, já não tinha mais o vigor da juventude. Outrora o cavalo mais rápido da região, há muito Bainho sofria o cansaço da velhice; a cada dia sua resistência diminuía, em função de seus problemas respiratórios.

Dharon já havia começado o treinamento de uma potranca, mas sua relação com Bainho era muito forte. Aquele era um cavalo valente e fiel, que já conhecia todos os movimentos de seu cavaleiro, e que se podia prever as reações. Era difícil trocá-lo por outra montaria.

Todos os animais do vilarejo haviam desaparecido da vista, correndo pela estrada e para a floresta, dispersos pela ameaça incandescente. Todos, inclusive a potranca. Mas Bainho estava ali, não partiria sem garantir a segurança de seu amigo, Dharon.

Aisling estava pronta para arrastá-lo até Bainho, que já estava selado para a ronda da manhã, mas a salamandra, irada, ainda batia contra a parede de vento inúmeras vezes, ignorando totalmente a presença do velho cavalo. Aisling sabia que, ao sair da proteção de vento, estaria completamente indefesa, mas sabia também que sua avó já havia pensado em uma solução.

Então o vento estalou e ondulou para longe deles, prendendo a salamandra em uma esfera de vento. Ela se debatia de um lado para o outro e, com isso, a esfera se movia por cima das plantaçõcs, destruindo-as. A criatura não conseguia se libertar, mas não desistia de tentar.

Aisling deu um passo, e outro, e mais um. Com dificuldade, carregava Dharon, semiconsciente, apoiado em seu ombro, e o saco, que agora parecia ainda mais pesado, em uma das mãos. O curto caminho até a ponte pareceu levar horas para ser percorrido, enquanto ouvia-se o baque insistente da batalha da criatura contra seu cárcere. Assim que os dois atingiram o início da ponte em forma de arco, Bainho lentamente se aproximou.

– Dharon, acorda! – disse Aisling. – Suba no cavalo!

Dharon abriu um olho, e deparou-se com o olhar da menina. Ela segurou as pesadas mãos dele, tirou-as de seu pescoço e colocou-as em cima da sela, para que ele se apoiasse e se erguesse. Em seguida, fez o mesmo com o pé esquerdo de Dharon, encaixando-o no estribo do cavalo.

– Agora, *suba!* – disse, e em seguida segurou seu amigo

pela cintura e fez força para cima, para ajudar. Lentamente, Dharon passou a perna direita por cima do cavalo e logo estava montado.

Com um olhar de despedida para a vila completamente destruída e para sua querida avozinha, e ainda para o monstro que se contorcia e brigava, Aisling segurou com firmeza na guia do cavalo e o puxou para fora do vilarejo. Junto com Dharon e Bainho, deu as costas a seu antigo mundo. Atravessou a ponte de pedra, mal sabendo o que a esperava em sua jornada.

Ao chegar à estrada de terra do outro lado do riacho, Aisling ouviu um alto estampido às suas costas, que fez Bainho relinchar e apertar o passo. Quase sendo atropelada pelo cavalo, a menina olhou novamente para trás, e tudo que viu foi a salamandra, liberta, correndo em direção à ponte.

Ela era muito mais rápida que Aisling ou o cavalo, não tinha como competir. Mesmo assim, eles correram, Aisling sendo praticamente arrastada por Bainho.

A salamandra parou, e mais uma vez soltou fogo pela boca. Aisling sentiu o calor das chamas se aproximarem por suas costas e, ao mesmo tempo, um forte e frio vento bater em seu rosto. Fogo e vento se chocaram. Por um momento, o fogo persistiu e se aproximou ainda mais da menina que corria, mas, no último instante, o vento venceu e varreu as labaredas para longe.

Determinado, Bainho errou a curva da estrada e correu para dentro da floresta, carregando Dharon e arrastando Aisling. A batalha ficara para trás.

– Bainho, por aqui não! – disse Aisling, tentando levá-lo de volta à estrada, que ainda estava visível, paralela ao caminho que traçavam. Mas o cavalo era forte e decidido. Diminuiu a marcha, mas continuou no rumo que escolhera. E após alguns minutos de correria, parou.

Aisling via a estrada à direita e, atrás, repetidos clarões. À sua esquerda, nada além do escuro da floresta. Nem mesmo o sol da manhã era capaz de aclarar o desconhecido.

– Bainho, vamos! Pela estrada! – disse Aisling, puxando a corda do cavalo. Era inútil, Bainho estava decidido a ficar ali, parado. – Teimoso!

Cansada, Aisling encostou em uma árvore e deixou o saco que carregava cair a seu lado. Será que demoraria para a pistiro chegar? E, quando chegasse, prenderia sua avó por uso de magias proibidas? Estas eram perguntas inúteis naquele momento. Sangue roxo ainda escorria pelo ferimento de Dharon; em menor quantidade, porém o suficiente para escorrer pelo lombo de Bainho.

De repente, algo chamou a atenção de Aisling. Os clarões no vilarejo continuavam, como relâmpagos, mas agora também estavam à sua frente, vindo pela estrada de terra.

– Outra salamandra!

Bainho ficou imóvel, mal se podia ver seu pcito crescer e diminuir ao ritmo de sua respiração. Aisling se escondeu atrás da árvore e observou atentamente, aguardando mais uma salamandra, igual à primeira, surgir na estrada.

Para seu espanto, nenhum monstro apareceu. Em vez disso, surgiu uma pessoa. Era uma mulher jovem, de pele cor de sangue e cabelo negro, luminoso, que lembrava muito a cor da salamandra. Era uma pistiro, a mesma que Aisling vira cinco anos atrás, Kendra Carnell. Vinha a pé, sozinha.

Uma fagulha de esperança iluminou o rosto de Aisling, e o primeiro pensamento que lhe ocorreu foi sair de seu esconderijo e correr até ela, implorando por socorro. Mas alguém foi mais rápido. À beira da estrada, um velho senhor se levantou de atrás de um arbusto, e Aisling o reconheceu como um dos habitantes do vilarejo. Ele parecia machucado, cambaleou lentamente até a pistiro, pedindo ajuda.

Mas Kendra não queria saber de suas lamúrias. Atormentada, explodiu o próprio corpo, criando uma espessa névoa vermelha de calor intenso. Com o clarão, Aisling involuntariamente fechou os olhos. E quando abriu, presenciou a triste cena da floresta em chamas, a estrada destruída. E o senhor que ali estivera, não estava mais.

Após a explosão, Kendra continuou a caminhar, como se nada tivesse acontecido. A roupa estava intacta, sua expressão era irritada. Então deu mais alguns passos e explodiu de novo, e assim prosseguiu. Cada explosão fazia o chão tremer. Aquela era a forma insana que encontrara para descarregar toda sua frustração, sabe-se lá por quê.

Bainho relinchou, desconfortável. Árvores, moitas e gramíneas próximas à estrada, pequenos insetos e animais que por ali estivessem, tudo morria rapidamente. Kendra deixava, por onde passasse, um rastro de dor e destruição. Aisling esperou que ela desaparecesse na estrada, então recolheu seu saco, amarrou-o sobre Bainho, segurou mais uma vez na guia do cavalo e o puxou através da floresta, em direção a Dawnburg.

– Não se preocupe, a vovó vai resolver tudo... – ela se dirigiu ao cavalo, mas, na realidade, estava tentando acalmar a si própria. – Mas o Dharon precisa de mim. Vamos para o norte!

Capítulo 4

A Égua na Nascente

Aisling ajudou Dharon a descer do cavalo, devagar. O rapaz deu alguns passos e deixou-se desmontar sob uma árvore, uma raiz à mostra lhe servia de travesseiro. Tinham viajado por quase um dia inteiro, deixando Sollace e Dawnburg para trás, e agora rumavam para o norte.

Já era quase noite, e a fome fez-se presente. Admirada, Aisling lembrou que seu estômago estava vazio desde que acordara naquele dia. Agora que estava longe do perigo, seu corpo começava a reclamar.

Preocupou-se com Dharon. Ela suspeitava que seu amigo havia feito o desjejum, mas essa alimentação não era suficiente para uma pessoa com ferimentos tão graves. Aisling ainda não sabia o que havia dentro do grande saco que sua avó a fizera carregar, mas desejava fortemente que fosse comida.

Para sua felicidade, estava certa: havia pão, cereais e maçãs. Além disso, tinha uma troca de roupas para Aisling, dois cobertores, um cantil e cinco moedas de prata.

Ali a floresta era bem densa, e Aisling logo descobriu que estavam perto da nascente de um rio. Rodeado por pedras, parecia um pequeno lago de água transparente, que deixava visível o chão de areia grossa, de onde a água borbulhava e era expelida do subsolo.

— Coma — disse ela, colocando nas mãos do rapaz um pedaço de pão. — Não vai melhorar se não comer.

Dharon se sentia exausto e precisou de toda a força que lhe restava para segurar o pão e mastigá-lo. Vendo que ele estava comendo, Aisling ocupou-se de encher o cantil com água da nascente.

— Beba — disse, e ele obedeceu. Quando viu que o amigo já estava satisfeito, Aisling o deitou de barriga no chão. Sua camisa fora totalmente destruída pelas garras da salamandra, mas algumas tiras de tecido ainda se misturavam aos ferimentos em suas costas.

Aisling removeu o tecido e lavou os cortes com a água da nascente. Em seguida, pegou uma peça de roupa limpa e amarrou-a bem firme. Passados alguns poucos minutos, a atadura improvisada ficou vermelha de sangue.

— Como eu faço pra parar de sangrar? — Aisling estava inconformada.

— Já vai parar — foi tudo que Dharon disse. Apesar de estar sentindo muita dor, estava exausto e logo dormiu.

Aisling o cobriu com um dos cobertores que estavam na sacola, então tirou a rédea do cavalo e lhe deu água. Também se alimentou, guardou a comida que sobrou na sacola e se cobriu com o outro cobertor. Deixou escapar um suspiro de preocupação ao se recostar a uma árvore. Onde estaria sua avó naquele momento?

■

Aisling acordou com um feixe de luz do sol que descia por entre os ramos das árvores e atingia seu rosto. Já passava da hora que ela costumava acordar, mas as árvores da floresta haviam impedido que o sol a encontrasse até então.

Dharon permanecia deitado no local onde Aisling o deixara na noite anterior, ainda na mesma posição; Bainho mordiscava algum capim próximo a uma árvore e passarinhos cantavam por todos os lados.

– Vou buscar mais água – Aisling disse a si mesma.

Com o cantil em mãos, desceu para perto da nascente. Ramos das árvores que rodeavam o rio tocavam a água com uma delicadeza reconfortante, e vários peixinhos podiam ser vistos passeando por ali. Aisling se agachou e se esticou para recolher água, quando ouviu um movimento à sua direita. Quase derrubou o cantil com o susto! Quando se virou, surpreendeu-se ao ver uma belíssima égua.

A égua tinha pelagem bege clara e crina branca. Uma faixa branca descia entre seus olhos, da testa ao focinho, e brancas também eram as patas. O pelo estava lustroso, e a crina, sedosa. Aparentava possuir um dono muito caprichoso.

Aisling imaginou que tudo que a égua queria era beber um pouco da água da nascente. Mas logo percebeu que tinha algo estranho. Em vez de evitá-la ou simplesmente ignorá-la e dirigir-se para a água, a égua estava parada à margem, olhando para Aisling. Insegura, a menina retribuiu o olhar.

– Olá, garota! – disse Aisling, tampando o cantil de água fresca. A égua abaixou a cabeça, como em um cumprimento.

Aisling deu um sorriso e, lentamente, esticou a mão em direção ao rosto do animal. A égua recebeu seu toque com tranquilidade, e fechou os olhos enquanto a menina a acariciava.

– Boa menina... Onde está seu dono? – Aisling perguntou com um sorriso, sem esperar resposta.

A pele da égua era quente e macia, o que dava a sensação de aconchego. Após alguns minutos afagando o animal, Aisling sentiu que suas forças tinham voltado, e que tudo ia dar certo. Decidiu que era hora de voltar para Dharon e prosseguir viagem. Então voltou ao acampamento e selou Bainho; guardou todas as coisas no saco, deixando o cantil mais à mão, e amarrou-o à sela. Sentou-se ao lado de Dharon, e, próximo a seu ouvido, sussurrou:

– Acorde, temos que partir.

Dharon imediatamente abriu os olhos, eles estavam vívidos e despertos. Olhou ao redor e sentou-se, assustado, ao lado de Aisling.

– Como se sente? – perguntou a menina.

Ele fez cara feia e levou a mão à têmpora, demonstrando que sentia uma forte dor de cabeça.

– Aisling, que aconteceu? – perguntou, levantando-se. – Precisamos voltar a Sollace!

Aisling estava acostumada a ver o andar decidido de Dharon, de postura ereta e peito aberto. O andar de quem sabe o que faz. Mas aquele andar estava ausente, dando espaço a uma postura encurvada, quase fetal. Uma das mãos continuava na cabeça, enquanto a outra tateava as costas, tentando alcançar o ferimento que a salamandra lhe causara.

– Dharon, não vamos a Sollace – decretou Aisling. – Você tá envenenado! Vamos a Hynneldor buscar uma cura pra você.

– Hynneldor?! – repetiu ele, incrédulo, olhando nos olhos dela pela primeira vez. – De onde você tirou isso? Não vamos, não. Preciso voltar!

– Vamos sim! Foi a vovó que mandou! Vamos encontrar com ela lá.

Então Dharon vislumbrou algumas cenas da obscura memória do dia anterior. Fogo... morte... batalha... e a avó de Aisling, detentora de um grande poder.

– Mas eu tenho minhas obrigações! Preciso voltar a Sollace e ver como estão as pessoas, a sua avó... Preciso voltar pra lá.

– Dharon! – interrompeu Aisling. – Tudo bem, mas como você vai fazer isso se estiver morto?

– Para com isso, eu estou bem!

Para provar que era verdade, Dharon estufou o peito e fez o máximo de esforço para ficar em pé direito, mas logo sentiu as costas arderem, o que o fez se curvar e cair, lentamente, de joelhos.

Aisling tinha razão, ele não estava nada bem. Precisava do antídoto, seja lá onde pudesse encontrá-lo.

■

– Dharon, essa égua não para de nos seguir.

Já estavam andando há horas, rumo ao norte, para Porto Tarsillya. Dharon se sentia muito menos disposto do que no momento em que acordara. Ia de cabeça baixa, montado em Bainho, enquanto Aisling caminhava à frente, conduzindo-o pela corda.

Atravessavam uma longa planície plantada, recortada por grandes quadrados de diferentes tons de verde, que distinguiam as diversas etapas do plantio em uma grande fazenda. Estavam sendo seguidos de perto pela égua que Aisling vira próxima à fonte. A menina já tinha tentado espantá-la de várias formas, mas a égua insistia em segui-los. Dharon sentia todo seu corpo doer, e esta dor se multiplicava a cada passo de Bainho. Ao ouvi-la se queixar da égua novamente, fechou os olhos.

– Deixa isso pra lá, uma hora ela desiste.

Mas o tempo se estendeu e a égua continuava seguindo-os. As horas passavam iguais. Apenas a estrada de terra à sua frente, as plantações nas laterais, o cavalo, carregando o amigo, e uma égua mais atrás. O movimento repetitivo da caminhada era um exercício de paciência, e o único que parecia realmente se mover era o sol.

Inesperadamente, a égua soltou um relincho muito alto e correu alguns passos, voltando a caminhar quando estava lado a lado com Bainho. Aisling não entendeu o comportamento, mas resolveu não se importar. Que diferença faria, a égua os seguir à distância ou se unir à caravana?

A resposta veio a galope. Alguns minutos depois, Aisling começou a ouvir um som vindo da estrada às suas costas. Em pouco tempo o som se materializou na forma de um grande batalhão do exército de Vulcannus. Uma longa linha de soldados que marchavam acompanhados por um grupo de homens montados e uma carruagem.

Quando se aproximaram, Aisling guiou Bainho e a égua para fora da estrada, onde ficaram todos parados para liberar passagem para o batalhão, que vinha mais rápido. Levou alguns minutos para que passassem por eles.

Todo o batalhão já havia desocupado a passagem e Aisling se preparava para seguir viagem, quando um dos homens montados deu meia-volta e foi falar com eles. Ele era alto e forte, tinha os cabelos negros curtos e uma barba espessa e bem aparada. Em seu braço esquerdo, ostentava a tatuagem de uma estrela de oito pontas atravessada por uma espada. Para Aisling, aquilo não tinha significado algum, mas Dharon logo reconheceu como sendo o símbolo dos Furiosos.

– Procuro por um grande guerreiro montado em um cavalo de batalha e acompanhado por uma criança – disse o Furioso a Dharon. – Você os viu?

Aisling olhou ao redor. Seu amigo Dharon era um ótimo guerreiro, mas só quem o conhecia saberia disso, pois ele era um pouco magro e o veneno da salamandra o dava um aspecto fraco e cansado. Bainho, seu cavalo, era um animal muito inteligente, mas seu pelo já não tinha mais o brilho da juventude. Além disso, "criança" não era a melhor palavra para definir Aisling, uma menina bonita, já quase moça.

Seria possível que o homem estivesse se referindo a eles três? Mesmo que fosse, não os havia reconhecido, já que, além de toda a diferença entre a descrição e a realidade, ainda estavam acompanhados pela égua. Aisling abriu a boca para falar, mas Dharon foi mais rápido:

– Passaram por nós de manhã, bem cedo. - disse ele.

Aisling olhou rapidamente para ele, espantada com a

resposta. Era impossível que Dharon tivesse se enganado, já que não haviam visto ninguém na estrada até aquele momento. Ele estava mentindo! Pensando bem, aquilo tudo era muito estranho. Aquele era o principal caminho que levava de Dawnburg, o maior mercado da Planície Central, a Porto Tarsillya, a cidade portuária do norte, e ainda não tinham visto ninguém.

– Certo – retrucou o Furioso, analisando Dharon e Aisling dos pés à cabeça. Quando concluiu que os dois eram inofensivos, chegou mais perto e falou baixinho. – Se vocês encontrarem essas pessoas, tomem muito cuidado. São ladrões perigosos! Ontem mesmo, invadiram um vilarejo próximo a Dawnburg, assassinaram todos os moradores e incendiaram as casas.

Aisling tomou um susto com o aviso. Seria possível que ele realmente se referisse a eles e a Sollace? Todo mundo sabia que a culpada da destruição era a salamandra! Ou aquele homem estava enganado sobre os acontecimentos, ou estava tentando culpá-los por um crime que não haviam cometido.

– Obrigado pelo aviso. Vamos tomar cuidado – Dharon respondeu, simplesmente.

Com um aceno, o Furioso deu as costas e se reuniu ao batalhão, que continuava em movimento, rumo ao norte. Aisling os viu partir. Uma enorme linha de homens armados, um grupo de cavaleiros e uma carruagem com todas as cortinas fechadas.

■

Dentro da carruagem, Kendra via o tempo passar contra sua vontade. Sentia-se impotente ao saber que havia sido designada a servir no território de Hynneldor, e nada podia fazer quanto a isso. Se pudesse, faria o tempo parar. Mas não podia.

Capítulo 5
Porto Tarsillya

Os dias se arrastaram e Aisling sentia que jamais chegaria a Porto Tarsillya. A cada dia, Dharon ficava mais e mais fraco. Todos os seus músculos doíam ao menor esforço. Andar, comer, beber, deitar, levantar, tudo isso era um sacrifício para ele, e apenas sua força de vontade o manteve sobre o cavalo pelos vários dias que se seguiram.

A égua continuou a segui-los. Na terceira manhã, ao acordar e ver que ela ainda estava com eles, Aisling decidiu montá-la. Ela era dócil e esperta, e a menina nunca mais quis viajar a pé. – Vou chama-lá de Douce. – Não se podia cavalgar muito rápido na égua sem sela, e Dharon não podia cavalgar muito rápido no estado de saúde em que estava. E assim a caravana seguiu: lentamente.

Já fazia onze dias desde que haviam saído de Sollace. As plantações tinham dado lugar a uma relva alta, salpicada de árvores esparças, dos dois lados da estrada. Era meio-dia, mas o sol não aparecia no topo do céu. Em seu lugar, uma grossa camada de nuvens cinzas anunciava uma tempestade.

Os cavalos pastavam tranquilamente, enquanto o vento bagunçava-lhes a crina. Aisling sentou na relva ao lado de Dharon, dividiu com ele o último pedaço de pão e olhou para a paisagem ao redor. A partir daquele momento, teriam que buscar a própria comida, fosse pela caça ou pesca, mas não possuíam arco ou vara, nem nenhum outro equipamento para estes fins.

Aisling estava descansando e pensando no assunto. O vento brincava com seu cabelo, soprando-o para um lado e para o outro, dando uma sensação prazerosa. Foi quando avistou algo na estrada à frente. Uma nuvem de poeira anunciava a passagem de uma carroça.

Lentamente, a carroça se aproximou. Era puxada por um burro e carregava diversas mercadorias, especialmente peixes, sal, conchas e outras coisas do mar. Um homem gordo e careca guiava sozinho, e, embora Aisling tivesse levantado em um pulo e estivesse esperando para falar com ele, ele não parou. Assim que o homem passou por ela, a menina correu atrás da carroça para poder conversar com ele, e não teve dificuldades em acompanhá-la.

– A que distância estamos de Porto Tarsillya? – perguntou.

Ele olhou para ela com o canto do olho e respondeu:

– Meio dia de carroça.

Ao falar com Aisling, levou a mão a uma enorme faca que carregava na carroça, por medo que aquele fosse um grupo de ladrões da estrada. Ela não percebeu aquela atitude e, assim que recebeu sua resposta, parou de correr, sumindo da vista do homem, que seguiu seu caminho normalmente. As rodas da carroça levantavam poeira, que era carregada para longe pelo vento.

– Meio dia, indo de carroça? – Aisling falou para si mesma, enquanto voltava para onde Dharon e os cavalos descansavam. Ela estava muito feliz. – Estamos perto!

Aisling se ajoelhou para juntar a bagagem que restava, e chamou os cavalos para poderem partir. O céu estava cinza e ventava cada vez mais, indicando que a noite seria chuvosa. Este era mais um motivo para desejarem chegar à cidade o mais rápido possível.

– Quão perto? – perguntou Dharon, que não aguentava mais ficar no lombo de um cavalo.

– Vamos chegar lá ainda hoje!

■

O sol já havia se posto quando finalmente chegaram. O cheiro de sal se precipitou sobre eles antes mesmo da vista da cidade, mas agora já caminhavam por suas ruas estreitas. Aquela era uma cidade muito diferente das que Aisling conhecia. Sollace não passava de um vilarejo, onde todas as famílias se conheciam há gerações, e, mesmo em Dawnburg, que era uma grande cidade na concepção da menina, todos se chamavam pelo nome.

Porto Tarsillya era diferente. As pessoas pareciam não se conhecer e não se importar com isso, andavam olhando para os pés, esbarrando umas nas outras. Na realidade, elas pareciam evitar se olhar nos olhos, e nem sequer perceberam a chegada dos forasteiros.

Os dois jovens e os dois cavalos caminharam pela cidade se espremendo pelas vielas, onde disputavam espaço com tendas, carroças, animais e pessoas. Havia tantas pessoas que mal se podia ver o chão de pedra. As casas eram altas, a maioria tinha dois andares, e tinham as paredes tortas, de coloração marrom-sujeira e marrom-avermelhado.

Quando menos esperavam, a cidade acabou e os cavalos estremeceram ao pisar na areia da praia. E, além da areia, uma escuridão sem limites, de onde vinha o delicioso som de vai e vem das ondas. Aisling pensou que aquela era uma cidade muito pequena para a quantidade de pessoas, mas ela não sabia que, diferente de uma cidade das planícies, que crescia de forma circular, uma cidade litorânea crescia achatada contra o mar. E aquela cidade era, de fato, assustadoramente grande.

– Dharon, veja! O mar! – Aisling já tinha ouvido várias histórias sobre o mar e suas maravilhas, e estava encantada em finalmente conhecê-lo. Apesar disso, ela sabia que não poderia realmente vê-lo naquele momento. Ao contrário da cidade, onde as pessoas penduravam tochas e lamparinas em frente a suas casas, o mar não podia ser domado, nem iluminado.

À esquerda, podiam ver um grande navio a vela atracado no porto da cidade. O píer que levava até ele estava iluminado por inúmeras lamparinas penduradas em postes, e pessoas subiam a bordo e desciam, transportando mantimentos para viagem. No casco estava escrito seu nome em azul: "Elo".

– Dharon, o que significa?

– Elo – ele leu em voz alta –, significa ligação.

– Que bonito... Será que é esse o barco que vai pra Hynneldor?

– Acredito que sim, não existem muitas rotas marinhas aqui no norte. Este deve ser o barco que liga Hynneldor a Vulcannus, daí o nome.

Ficaram parados por alguns minutos admirando o movimento no porto e imaginando a longa viagem que ainda tinham pela frente.

As primeiras gotas de chuva se precipitaram do céu carregado, criando pequenas crateras na areia da praia. Quando começaram a incomodar, Aisling e Dharon deram meia-volta em direção à cidade e foram procurar um local para dormir. Já era noite e as pessoas estavam voltando para suas casas. A cada minuto a cidade ficava mais vazia.

Com sorte, encontraram uma pequena estalagem chamada Revolta da Maré. Aisling desceu da égua e bateu à porta. Foi prontamente atendida pelo dono da estalagem, um homem de meia idade, muito alto. Ele era uma mistura de gordo e forte, usava um avental encardido e carregava um pano de prato. Analisou Aisling dos pés à cabeça, seus cavalos e seu amigo.

– O que quer? – perguntou.

– Precisamos de comida e um lugar para dormir... – respondeu a menina, intimidada.

– Vocês têm *dinheiro?*

Dharon não gostou da forma como o homem falava. Ele

usava um tom grosseiro, parecia incomodado com a repentina presença dos dois. Parecia não querer atendê-los.

– Temos, sim! – respondeu Aisling, e se virou para remexer no grande saco, agora quase vazio, que carregava amarrado a Bainho. De lá ela tirou suas cinco moedas de prata e estendeu ao homem. – Temos isto!

O homem olhou as moedas com interesse. Era mais do que suficiente. Antes, porém, que ele pudesse responder ao pedido de hospedagem, alguém passou correndo e esbarrou em Aisling, de propósito. Rapidamente, bateu na mão dela, tomando-lhe as moedas e ia fugir para a multidão, quando Dharon pulou do cavalo em cima dele e lhe segurou pelo ombro com força, fazendo com que parasse.

– Devolva! – gritou.

O menino olhou para ele com muito medo. Não devia ter mais do que dez anos, vestia trapos e parecia estar com fome. Por um momento, Dharon sentiu o coração apertar. Onde estavam os pais daquela criança? Por que ele precisava roubar? Talvez, o certo fosse deixar que ele levasse o dinheiro, de uma vez por todas.

Mas ele pensou também em Aisling. Há dias ela dormia ao relento e comia mal, tudo isso para ir em busca da cura do veneno que o consumia. Tudo isso por causa dele. Ela estava com fome e estava exausta. Precisava de uma boa noite de sono, afinal, e precisava comer.

O menino não sabia o que se passava na cabeça de Dharon, mas ele percebeu que era um momento de dúvida e aproveitou para fugir. Tomado pelo susto, tudo o que Dharon conseguiu fazer foi bater na mão do menino, fazendo-o derrubar uma das moedas antes que desaparecesse no meio da multidão.

Durante todo o tempo, Aisling não soube como reagir. Ela apenas viu as costas do menino sumindo na confusão da cidade e escutou a última moeda cair no chão. Abaixou-se e pegou-a, segurando com força.

– Ele... me *roubou!* – falou por fim, incrédula. Lágrimas começaram a se formar em seus olhos.

Dharon se aproximou dela lentamente, e a envolveu com seus braços. Ela retribuiu o abraço, e, contra sua vontade, as lágrimas começaram a cair. Sentia-se impotente. O homem virou-se para dentro e jogou o pano de prato em cima de algum móvel.

– Tudo bem – disse ele –, eu posso hospedar vocês em troca dessa moeda.

– Pode? – disse Dharon. Estava dividido entre o alívio e a suspeita.

– Que isso fique entre nós. – respondeu ele, ainda carrancudo. Aisling lhe entregou a única moeda e ele abriu espaço para que entrassem. Aquele não era apenas um homem rude, afinal! – Aiden, leve os cavalos pro estábulo e cuide deles! – gritou ele a um serviçal.

■

As paredes da estalagem pareciam abafar todo o som do corre-corre da cidade, mas, em compensação, seu interior possuía um barulho próprio. Estava lotada. Muitos homens bebiam, cantavam e conversavam em voz alta, alguns eram mercadores, outros, marinheiros. Mas o assunto era um só, e, ao cruzar o salão, Aisling pôde ouvir:

– Você viu, Kendra está na cidade! Ela vai pegar o navio para Hynneldor amanhã, e está levando um monte de soldados com ela. O que será que ela vai fazer por lá? – e a conversa prosseguiu. Alguns diziam que o exército de Vulcannus tinha decidido derrubar a rainha de Hynneldor de uma vez por todas, outros diziam que Kendra havia se levantado contra a coroa. Cada um parecia ter criado sua própria teoria.

– Ouvi dizer que ela foi tirar férias nas Praias Claras e Rasas! – disse um marujo, e todos riram. A ideia de uma militar de alta patente, ainda mais uma pistiro de família nobre, tirar férias era considerada absurda.

– Sentem aí que eu vou mandar servir algo – disse o dono da estalagem a Aisling e Dharon. Os dois se sentaram a uma mesa o mais longe possível das pessoas barulhentas, próxima à parede do fundo.

Além de Aisling e da esposa do estalajadeiro, que lavava as louças atrás de um balcão, havia várias outras mulheres no local. Elas dançavam para os homens, conversavam, assistiam aos jogos de cartas e riam muito. Ao centro se concentrava a maior agitação, com os homens inventando teorias. Apesar de não estar frio, uma lareira crepitava em um canto, na parede oposta à escada que levava para o segundo andar e aos quartos. Era rodeada por um grupo de marujos que tomavam suas bebidas silenciosamente, alheios ao assunto que estava sendo discutido.

Ao fundo, onde Aisling havia escolhido para se sentar, outros homens afogavam suas mágoas na bebida. Muitos já tinham caído no sono, estirados sobre as mesas ou no chão, ainda segurando firmemente as canecas.

Aisling parou de olhar ao redor e voltou sua atenção para Dharon. Sob o teto da hospedaria e à luz da lareira, ele parecia ter recobrado parte de suas forças. Estava com o cotovelo apoiado sobre a mesa, segurando a cabeça, e olhava para ela.

– Como vamos pegar o navio, se não temos dinheiro? – ela perguntou. Não esperava uma resposta imediata, mas precisava desabafar sua preocupação com o amigo.

Então, Aisling percebeu que o olhar de Dharon se desviara dela, para um ponto atrás de sua cabeça. Virou-se e seus olhos automaticamente se guiaram para o lugar que ele estava olhando, uma mesa redonda em um canto do salão. Ali um homem estava sentado sozinho. Encarava Aisling e Dharon com um par de olhos perspicazes por baixo de um chapéu preto enfeitado com uma pluma bege, ao mesmo tempo pomposa e discreta. Parecia ter vinte e poucos anos, usava uma capa que cobria toda sua roupa e bebia cerveja em uma caneca de barro.

– Boa noite... – ela falou baixinho.

O homem levantou seu copo em um cumprimento discreto, e passou a percorrer o salão com o olhar, como quem procurasse por algo. Aisling voltou a olhar para Dharon. O rapaz não tinha gostado nem um pouco do desconhecido prestando atenção em que Aisling lhe dizia.

Nessa hora, a mulher do balcão chegou e colocou dois pratos fundos na mesa, para Aisling e Dharon. Os pratos estavam cheios com uma sopa fervente. Era feita com sobras de comida da semana inteira, mas os dois estavam com tanta fome que não se importaram e comeram com gosto.

– O que fazem duas crianças sozinhas num lugar como este? – o homem de chapéu falou de repente.

– Não somos crianças – respondeu Aisling –, somos viajantes!

– Certo. E para onde os dois *viajantes* vão?

– Vamos pegar o navio para Hynneldor – Aisling disse, antes que Dharon pudesse impedi-la.

O homem levantou as duas sobrancelhas, admirado. Por que aqueles dois viajariam tão longe, até um reino inimigo? Por baixo da mesa, Dharon deu tapinhas no braço de Aisling para ela parar de falar, mas ela não entendeu o sinal e prosseguiu.

– O senhor sabe quanto custa a passagem?

O homem fez uma expressão que misturava desgosto e estranheza. Certamente não esperava que a menina o tratasse por "senhor".

– Por acaso sei. São quinze moedas de prata por pessoa – informou ele, o que resultou em um muxoxo de Aisling. – Mas não sei o que vocês iriam querer fazer em um lugar inóspito como Hynneldor.

– Quinze moedas por pessoa? – repetiu Aisling, desanimada. – Será que a gente consegue trabalhar e juntar isso antes do navio partir?

– Duvido muito, já que ele sai amanhã – disse o estranho.

– E o próximo?

O homem olhou para o fundo da caneca de cerveja, e levou-a aos lábios. Aisling percebeu que, desde que havia chegado ali, o homem já tinha feito isso diversas vezes, mas, apesar de nunca servir mais, a caneca continuava sempre cheia. Perguntou-se por que alguém fingiria beber algo que não deseja.

– O navio sai uma vez por mês, sempre que tem lua cheia.

– Só daqui a um mês, Dharon! – Aisling reclamou ao amigo.

– Tudo bem, podemos sair em um mês. Não se preocupe. – Dharon respondeu.

Mas algumas palavras reconfortantes não seriam suficientes para dissipar a preocupação de Aisling. Dharon podia piorar de uma hora para outra, foi o que pensou.

O homem a observou, pensativo. Ele sabia muito bem que nem em um mês inteiro aqueles dois conseguiriam juntar o valor necessário. Não se realizassem trabalhos dignos. E, apesar de Dharon tentar ao máximo disfarçar para Aisling, o estranho logo percebeu que ele não estava nada bem.

– Você parece cansado. O que você tem?

– Eu estou *ótimo.*

O homem analisou Dharon dos pés à cabeça. Após a pergunta, o rapaz passou a disfarçar ainda mais seu estado de saúde. "A garota pode até acreditar que está tudo bem, mas você não me engana", o homem pensou, enquanto analisava a pele do rapaz. Apesar de ser bronzeada, estava pálida. Seu cabelo estava sem brilho e seus braços pareciam pesados demais, por isso os apoiava na mesa.

– Você não sabe mentir – respondeu o homem, dando de ombros. Ele não se importou em receber uma mentira como resposta, mas percebeu que a preocupação da menina crescia com aquela conversa. – Se querem um conselho, fiquem em Vulcannus – e dizendo isso, se levantou e deixou a mesa. Cumprimentou a esposa do dono da estalagem e subiu as escadas.

Sua caneca permaneceu na mesa. Ainda estava cheia.

■

Após o homem do chapéu de pluma se retirar, Aisling e Dharon não demoraram a fazer o mesmo. A esposa do estalajadeiro os indicou um quarto no segundo andar. Era apertado. Sobre o chão de madeira havia uma vela que logo foi acesa, e dois pequenos colchões de palha. Sem pensar duas vezes, Dharon deixou-se cair no colchão mais próximo; Aisling se aproximou e descalçou as botas dos pés dele. Descalçou também as suas próprias e as colocou no chão, ao lado do saco que ainda carregava. Dele tirou os cobertores, cobriu o amigo e deitou na outra cama, cobrindo-se também.

– Dharon, o que vamos fazer? – perguntou, virando de frente para ele. – Não temos dinheiro, também não temos tempo. Precisamos ir nesse barco, e só nesse. A vovó falou que não temos tempo a perder, se não... se não... – e sua voz morreu sem concluir a frase.

Dharon não disse coisa alguma. Em vez disso, esticou o braço na direção de Aisling e deixou a mão cair no chão. Aisling esticou sua mão também, e segurou na dele, de forma afetuosa. Essa era a resposta dele: ele estava ali com ela, para lhe dar apoio. Enquanto estivessem juntos, tudo daria certo.

Ainda de mãos dadas, Aisling soprou a vela que iluminava o quarto, e ambos adormeceram.

Capítulo 6
Embarque no Elo

Foi uma noite horrível. Não por causa da cama desconfortável, não por causa da ansiedade em pegar o navio, mas por causa de Dharon. De todas as noites de viagem, aquela tinha sido a pior: a ferida em suas costas estava infeccionando. Ele virava e se contorcia de dor e queimava em febre. Chegou a soltar dois gritos de agonia enquanto tentava, sem sucesso, dormir. Sua roupa ficou encharcada de suor, naquela noite que parecia não ter fim.

Quando finalmente conseguiu dormir, e Aisling também, o sol raiou. E, pior do que saber da importância de acordar cedo, é ser acordado à força.

– Acabou a estadia de vocês aqui, *levanta!* – gritou o gigante que era o dono da estalagem Revolta da Maré, e puxou o cobertor de Dharon.

Aisling abriu os olhos e se sentou, ainda confusa, a tempo de ver o homem lhe atirar o cobertor no colo. Dharon estava a seu lado e encarava o estalajadeiro.

– Vamos! – gritou o homem, então apanhou o saco de Aisling, que estava no chão, e saiu pela porta do quarto.

– Espere! – Aisling gritou repetidas vezes, enquanto agarrou suas botas e saiu correndo atrás dele, descalça. Seguiu-o escada abaixo e através do salão, agora vazio, até a porta da estalagem, por onde o homem arremessou as coisas dela ao chão.

Ele se virou e entrou novamente na estalagem, enquanto ela se abaixou para recolher seu saco e as coisas que tinham caído para fora dele. Rapidamente calçou as botas e se levantou. Quando se virou para segui-lo estalagem adentro, foi interrompida pelo próprio estalajadeiro, que agora saía pela porta arrastando Dharon pelo braço.

Contrariando os gritos de protesto de Aisling, ele empurrou Dharon para a rua, atirou as botas dele no chão como fizera com os pertences dela e entrou na estalagem, batendo a porta atrás de si.

– Espere! – gritou Aisling. – Faltam nossos cavalos!

Aisling tentou abrir a porta, mas ela já estava trancada. Do fundo da estalagem, o homem gritou:

– Aqui não tem cavalo nenhum. *Vão embora!*

– Abra a porta! – gritou Aisling, esmurrando a porta com toda sua força. – Devolva meus cavalos!

Então ela desistiu de bater e deu dois passos para trás, bufando de raiva. A cidade estava agitada como na noite anterior, mas agora o sol raiava sobre suas cabeças, iluminando as tendas, as carroças e os mendigos.

– Vista sua bota, Dharon – disse Aisling, pegando as botas do chão e as entregando a ele. – Quer saber? Se ele não vai nos trazer os cavalos, eu mesma vou buscá-los! Espere aqui.

Dharon fez menção em ir com ela, mas ela o fez esperar sentado no batente da porta, e andou em volta da estalagem, procurando pelo estábulo. A estalagem era rodeada por casas dos dois lados e atrás, separando-se de cada uma delas por apenas um pequeno vão, por onde Aisling pôde dar a volta completa. Mas não encontrou estábulo algum.

Já estava de volta à frente da estalagem, que era voltada para a rua apinhada de gente, e se dirigia para onde Dharon aguardava. Perguntava-se em qual estábulo teria o empregado do estalajadeiro levado seus cavalos, quando ouviu uma voz a seu lado:

– Essa estalagem não tem estábulo.

Era o homem com quem Aisling conversara na noite anterior. Usava seu chapéu com pluma e capa longa. Desta vez, entretanto, a capa não cobria todo o seu corpo, porque estava montado em um belo alazão.

– O senhor sabe para onde levaram meus cavalos? – perguntou Aisling.

– Tenho um palpite – respondeu o homem. Por algum motivo que desconhecia, ainda não se sentia confortável em ser chamado de "senhor" por aquela jovem moça. – Venha comigo – disse ele, estendendo-lhe a mão.

Aisling deu um olhar significativo para Dharon, que ainda estava sentado próximo à porta, alheio ao que acontecia.

– Ele vai ficar bem – o homem a tranquilizou –, venha.

Aisling esticou a mão, depositando naquele homem toda a sua confiança. Então ele lhe deu impulso para subir na garupa do cavalo. Deram meia-volta e se dirigiram para outra parte da cidade.

– Meu nome é Aisling – a menina se apresentou.

– Desmond – respondeu ele.

Desmond era habilidoso em conduzir o cavalo pelas vielas, por entre os mercados e através das multidões. Não que conhecesse toda a cidade, mas tinha jeito com cavalos e um bom senso de direção. No início foi o mais rápido possível, diminuindo a velocidade e aumentando a cautela à medida que se aproximava do local onde desejava chegar, até que simplesmente parou.

– Aquela é a estalagem chamada Pérola – disse ele, apontando para uma casa muito maior que as demais – é a maior da cidade, é nela que Kendra está hospedada.

Aisling se perguntou o que os dois estariam fazendo ali. Ele não disse mais nada, apenas a ajudou a descer do cavalo, desceu em seguida e o amarrou a um poste qualquer. A menina tinha tantas perguntas que mal sabia por qual começar.

– Não tem ninguém vigiando? – perguntou, por fim.

– Vigiando? – ele lhe lançou um olhar de dúvida. De perto e à luz do sol, Aisling podia ver melhor seu rosto. Tinha queixo fino e nariz grande, olhos castanhos e cabelo comprido e crespo, cuidadosamente amarrado na altura da nuca. – Kendra não precisa que a vigiem. Ela sabe se cuidar, acredite! Agora, venha.

Diferente do resto da cidade, aquela rua estava calma e silenciosa, provavelmente ninguém queria incomodar a Coronela da Planície Central. Desmond caminhou furtivamente por entre as casas até estar próximo à estalagem, sendo seguido de perto por Aisling. Ele não bateu na porta da frente, mas se esgueirou pela lateral da casa. Abaixaram-se ao passar por uma grande janela aberta. Pessoas conversavam lá dentro, imaginando o que fariam ao chegar a Hynneldor e como seria esta terra desconhecida. Eram todos soldados do pelotão que Kendra estava levando consigo.

Finalmente, os dois chegaram ao fim da parede lateral da casa, onde havia uma montanha de caixas e podiam se esconder e espiar um pequeno espaço aberto nos fundos. Aisling sentia uma vontade imensa de perguntar o que estavam fazendo ali, mas seu bom senso ordenou que ficasse calada. Logo ela e Desmond começaram a ouvir uma conversa.

– Meu senhor mandou estes presentes, senhorita coronela – disse uma voz jovem. Aisling esticou o pescoço e pôde observar a cena, sem ser vista pelas duas pessoas que ali estavam.

A pessoa que estava de costas para eles era, sem dúvida, Kendra. À sua frente, um rapaz lhe falava, nitidamente amedrontado. Aisling logo o reconheceu como Aiden, o serviçal da Revolta da Maré. O mais espantoso, porém, eram os presentes que ele oferecia à mulher. Eram dois cavalos: Bainho e Douce. Kendra deu a volta nos cavalos, passou a mão no pelo de Bainho, estalou os dedos próximo à orelha direita do animal e examinou seus dentes.

– Este é um cavalo muito velho, não serve para nada! – disse ela, enfim. Adiantou-se então à égua. – Aqui sim, vejo um animal jovem e saudável. Apesar de ser um pangaré, é claro. – Aisling não achava que Douce fosse pangaré, e se sentiu ofendida por ela. – Ai! – Kendra gritou de repente. – Ela tentou me morder! É uma égua selvagem e destreinada!

O menino se encolheu, como se pudesse entrar em si próprio e desaparecer. Kendra o encarou por alguns minutos, pensando em seu veredicto.

Porém, sua linha de raciocínio foi quebrada por um ruído inesperado. O barulho veio de uma montanha de caixas amontoadas próximo à parede lateral da casa. Exatamente o local onde Desmond e Aisling tinham escolhido para se esconder. Kendra fez um sinal com a cabeça para que o rapaz fosse averiguar.

– Algumas caixas desabaram – disse ele, fazendo o caminho até a frente da estalagem e voltando –, deve ter sido um cachorro, ou um rato.

Aborrecida, Kendra resolveu liberar logo o rapaz e voltar para o aconchego da estalagem. Ela deu as costas e, sem ao menos olhar para ele, disse suas últimas palavras antes de entrar:

– Muito bem. Seu senhor teve sorte *desta vez*. Meus cavalos foram pegos por uma severa gripe e não poderão prosseguir viagem, e estes dois vêm a calhar. Diga a seu senhor que aceitarei os presentes, e que ele continuará gozando de certos privilégios. Por enquanto.

■

– O que pensou que ia fazer?! – inquiriu Desmond.

– Eu ia pedir os cavalos de volta, oras! – respondeu Aisling, com naturalidade. – Afinal, são meus!

– E você esperava que ela simplesmente os devolvesse a você? Ela nem te daria ouvidos! Ou talvez achasse isso uma afronta!

Ela podia te prender, ou até te matar! Ou sabe-se lá que coisas terríveis ela faz com as pessoas!

– Para com isso! Eu preciso daqueles cavalos! Como vou viajar sem eles?

Desmond estava irado. Enquanto estiveram escondidos, por um momento Aisling se levantou, expondo-se completamente à visão de Aiden. Por sorte, o serviçal estava preocupado demais para prestar atenção ao seu redor, e Desmond empurrou Aisling para o lado antes que Kendra percebesse a presença dos dois.

Agora estavam novamente em uma rua abarrotada de gente, conversando ao lado do cavalo. Desmond respirou fundo por alguns minutos, em uma tentativa de manter a calma. Kendra era uma mulher arrogante e desumana, que respondia com violência a qualquer insulto. Era uma coronela de Vulcannus, uma pistiro, sua natureza era cruel. Mas Aisling não entendia isso, e ele não podia exigir que entendesse. A menina nunca a tinha visto invadir cidades, atear fogo a todas as casas e matar os homens na frente de suas esposas e filhos. Ela não tinha presenciado o medo, a fome e a humilhação que ele tinha. Ele precisava ter paciência com ela.

– O que você busca em Hynneldor? – ele perguntou abruptamente, olhando-a nos olhos.

– Eu... tenho coisas para resolver por lá... – Aisling se encolheu e respondeu bem baixinho.

– Que coisas seriam tão urgentes e tão importantes a ponto de você se pôr em risco o tempo todo? Por acaso estas coisas tem a ver com a saúde do seu amigo? – Aisling foi pega de surpresa pela pergunta. Como Desmond poderia ter adivinhado?

– Minhas coisas não lhe dizem respeito! – Aisling nunca fora boa em inventar mentiras, por isso ela preferia se esquivar das perguntas. – Não estávamos falando dos cavalos?

Em um movimento rápido, Desmond deu um passo para frente e segurou Aisling pelos ombros.

– Aisling... – ele disse o nome dela lentamente, preparando-se para a próxima frase. Os olhos estavam decididos e o grande nariz quase encostando no dela. – Eu posso te ajudar a ir a Hynneldor e recuperar seus cavalos. Mas você precisa confiar em mim!

– Você vai me dar dinheiro?

– Não! Quero dizer, não tenho muito dinheiro. Mas sei uma forma de embarcarmos no Elo. E eu vou embarcar, vindo vocês comigo ou não.

– E os cavalos?

– Kendra os recebeu como presentes, com certeza também serão embarcados. A preocupação será somente em reavê-los quando chegarmos lá!

O queixo de Aisling caiu ao ouvir as últimas frases. Ela não tinha pensado nisso, e ficou imaginando como Desmond era inteligente.

– Mas como vamos embarcar?

– Bom, Aisling... – ele a soltou e a encarou com um olhar pacificador. – Esta é a parte em que você confia em mim.

■

O Elo partiria naquele mesmo dia, quando o sol estivesse bem no topo do céu. Desmond sabia que tinha pouco tempo, e rapidamente voltou à estalagem Revolta da Maré para buscar Dharon.

– Enquanto embarcamos, façam apenas o que eu mandar – Desmond os instruía. – Não falem com ninguém, não ajudem ninguém a não ser que eu mande. Chamem-me de Senhor. Se alguém perguntar o que estão fazendo, digam apenas que estão seguindo ordens de seu Senhor. – ele olhou para Dharon, o único que montava seu cavalo, Romero. – Eu sei o quanto é difícil, mas você vai ter que fingir que se sente bem. Pelo menos por hoje.

Desmond os guiou até o porto, por uma das ruelas

secundárias. Chegou o mais próximo possível sem que pudessem ser vistos, quando se voltou para Dharon mais uma vez:

– A partir daqui, você vai ter que andar. – Dharon desceu do cavalo com alguma dificuldade, e Desmond ocupou seu lugar na sela. – Venham logo atrás de mim – disse ele, e seguiu em direção ao navio.

Ao entrar na rua principal, os três tiveram a visão de todo o porto. Estava abarrotado de pessoas, animais e mercadorias. As tochas no píer estavam apagadas, e muitas pessoas transitavam por ele. Corriam de um lado para outro, iam da terra firme para o navio e voltavam, brigavam entre si, carregavam os mais diversos artefatos, pareciam todos apressados e preocupados.

E atrás de toda a agitação e barulho, um tapete de azul-silêncio se estendia, ondulante, até o infinito. E lá, no horizonte, seu azul se misturava com o azul do céu, que voltava até eles, salpicado de nuvens brancas. Era a primeira vez que Aisling via o mar.

– Puxa! – foi a única coisa que conseguiu dizer antes de perceber que estava ficando para trás. Apertou o passo e alcançou seus dois companheiros.

Dharon fingia que estava tudo bem com ele, e fingia muito bem. Desmond por um momento chegou a duvidar que ele estivesse mesmo em uma situação preocupante. Alguns minutos o observando foram o suficiente para perceber que aquele rapaz, apesar de jovem, era um homem forte, com muita vontade de viver.

Em alguns minutos os três se esgueiraram por entre as pessoas do porto, até chegar ao início do píer. Desmond fez com que o cavalo desse a volta em si mesmo, virando as costas para o navio. Aguardou por um momento e, como que planejado, um silêncio repentino se fez. Todas as pessoas ficaram mais atentas e pareceram prender a respiração, ao perceber que o pelotão de Kendra se aproximava.

Num primeiro momento, um cavaleiro solitário apareceu na rua principal. Trazia no peito o brasão do Exército de Vulcannus com uma única estrela. Gritava com quem estivesse pelo caminho, anunciando a chegada de Kendra e ordenando que abrissem caminho. O porto estava tão lotado que Aisling pensava ser impossível abrir algum espaço, mas as pessoas tinham medo do exército e, especialmente, medo de Kendra. Espremeram-se e se apertaram, e deram um jeito de liberar a passagem. Então esperaram, apreensivas, enquanto todo um batalhão surgia na esquina.

Kendra vinha à frente em um belo cavalo negro recém-comprado de um criador que morava na cidade, os olhos fixos no navio. Sua expressão era fria e ela ignorava as faces amedrontadas que evitavam encará-la. Atrás dela, um pequeno grupo de soldados. Não passava de uma dúzia de pessoas que formavam sua guarda pessoal, os demais haviam sido enviados de volta à Planície Central, que até então tinha sido sua área de atuação. Dos que seguiam viagem, a maioria eram mulheres, afinal, todos sabiam, mulheres tinham uma facilidade muito maior em dominar o poder do fogo. Vestiam o imponente uniforme do Exército de Vulcannus e andavam a pé. Por último, grande parte da bagagem dos viajantes era transportada por dois cavalos: Bainho e Douce.

O número de estrelas no peito dos soldados indicava a patente de cada um. Se não havia estrelas, era um reles cabo; uma estrela de cinco pontas indicava um sargento. Nos casos em que a estrela era de oito pontas, atravessada por uma espada, tratava-se de um Furioso, o único posto do exército de Vulcannus que era ocupado por pessoas que não controlavam o poder do fogo, mas que possuíam grande força e destreza. Cada Furioso submetia-se apenas ao oficial a quem era ligado no início de seu treinamento. E, se houvesse duas estrelas de cinco pontas, o soldado era um tenente.

A partir de três estrelas, era considerado militar de alta patente, sendo que apenas uma pessoa no pelotão de Kendra as ostentava, a Capitã Meredith. Quatro estrelas indicava um coronel e cinco estrelas, um general: o topo da carreira militar, alcançado por poucos. Apenas três pessoas possuíam patente de general em todo o exército, e, se dependesse de Kendra, ela logo seria a quarta.

A fama de Kendra cruzava rios, atravessava montanhas e se espalhava além das fronteiras de Vulcannus, era uma mulher implacável. Seu sangue pistiro era o maior motivo de orgulho seu e de toda sua família.

De tempos em tempos, a grande e nobre família Carnell enviava seu mais poderoso membro para servir aos propósitos do exército. Era sempre uma disputa acirrada para saber quem seria o escolhido para tal tarefa, e fora assim por muitas gerações. Mas com Kendra foi diferente. Desde criança seu poder em controlar as forças do fogo era superior ao de muitos pistiros adultos, sua personalidade era decidida e sua certeza era absoluta: se ela não servisse no Exército de Vulcannus, ninguém mais serviria. Assim que atingiu a idade mínima para se candidatar, o fez. Enfrentou adversários fortes, mas não tão determinados quanto ela. E, após vencer todos com certa facilidade, foi aplaudida por toda a família.

Por seus comandados, era detestada e admirada. Alguns invejavam sua posição de coronela, abaixo apenas dos três generais e do rei em pessoa, mas todos sabiam que não havia como competir. Seu único desejo era servir ao exército, seu único objetivo, o triunfo de Vulcannus na guerra. Lutar era o que fazia de melhor, fosse contra os inimigos que vinham de fora, ou contra os que se levantavam contra a coroa no interior do país. Era o que ela amava, era a única coisa que queria fazer. Ou, pelo menos, era assim que todos a viam.

Todas as pessoas no cais já tinham saído do caminho e o sargento retornava para o grupo com a sensação de dever cumprido. Mas um homem, montado em um belo alazão, ainda permanecia parado na entrada do píer, entre Kendra e o Elo. Desmond mantinha uma expressão serena e sua respiração era uniforme, apesar de saber que estava a ponto de enfrentar uma situação difícil, e que um pequeno deslize poria tudo a perder. Quando Kendra já estava bem perto, seu olhar se cruzou com o dela, e ele tomou a palavra antes que alguém o impedisse.

– Seja bem vinda, Senhorita Kendra. – disse ele, baixo o suficiente para que ela, e apenas ela, ouvisse. – Estamos honrados com presença tão ilustre!

Kendra parou de repente, e todo seu pelotão se apressou em parar também. Esperava ser recebida no navio por um capitão desleixado, e não no porto, por aquele jovem educado.

– Eu e meu Senhor desejamos uma boa viagem para a senhorita, com o conforto que lhe é de direito – continuou Desmond em sua ladainha, lançando a Kendra um belo e caloroso sorriso. – Os servos carregarão sua bagagem a bordo, se assim for permitido.

Kendra permaneceu parada, a mente vazia. Não era de todo ruim ser bem recebida, afinal. Além disso, admirava a coragem de um reles plebeu em aceitar a tarefa de recebê-la, e, ao cumprir tal tarefa, olhar em seus olhos e a tratar com gentileza.

A expressão de Kendra se mantinha impassível, mas seus olhos viajaram por Desmond, examinando-o dos pés à cabeça, retornando a pontos específicos como suas mãos, boca e olhos. Atrás dela, a Capitã Meredith observava a cena com atenção. E não gostava do que via.

– Coronela, esse plebeu *ousa* interceptar nosso caminho por uma simples e inútil bajulação – ela interveio. – Ordene que se retire!

– Capitã, o dia em que eu precisar de um conselho, pedirei. Por ora, não tente me dar ordens. – Kendra respondeu, deixando claro para Desmond a desavença contida entre elas.

– Perdoe a interrupção, coronela. Apenas queria me apresentar formalmente e me colocar à sua disposição. Por favor, não me permita atrasá-la. – concluiu Desmond. Então abriu passagem para o píer e fez uma bonita reverência, tirando seu chapéu da cabeça. Era simples, mas continha um detalhe que fazia toda a diferença: ao mover o chapéu no ar, descrevendo um arco, uma inesperada chama irrompeu da pluma, delineando o caminho, no ar, por onde ela passara, e logo desapareceu, deixando a pluma intacta. Era um detalhe pequeno, mas significativo.

Aisling conseguiu esconder a surpresa ao ver o novo amigo esboçar seu controle do fogo, mas ficou deveras preocupada. Por um lado, aquela habilidade poderia abrir muitas portas, por outro, Aisling começou a se perguntar se deveria ou não confiar o segredo do poder de sua avó a Desmond.

Kendra manteve a mesma expressão vazia. Prosseguiu, fazendo o cavalo dar alguns passos a caminho do píer, parou ao lado de Desmond e, ainda séria, disse:

– Cuide da bagagem e dos cavalos.

Atrás dela, Meredith a seguiu, sem deixar de lançar a Desmond um olhar de reprovação. Todo o pelotão seguiu o ritmo de Kendra até uma rampa improvisada que dava acesso ao convés do navio veleiro. Ali, ela desmontou e dirigiu-se rampa acima, rumo a seu camarote.

Quando já estava a bordo, o resto do pelotão começou a embarcar. Por último, Desmond conduziu seu próprio cavalo pela rampa e mandou Aisling e Dharon fazerem o mesmo com Bainho, Douce e o cavalo negro de Kendra. Enquanto embarcavam, Trevor Walsh, o capitão do navio, acompanhado por Hart, um de seus empregados, os observava desconfiado.

Todos os fios de cabelo do capitão já estavam brancos e sua pele tinha rugas profundas, mas seu olhar estava longe de demonstrar cansaço. Com uma tatuagem em forma de âncora no ombro esquerdo e uma cicatriz cortando o olho direito, ele não precisava falar para impor respeito. Apesar disso, fazia questão de dizer o que lhe viesse à cabeça:

– E você, é *quem?* – Desmond pôde sentir o hálito de rum do velho a metros de distância.

– Criado de Kendra – respondeu Desmond, fazendo para

ele uma reverência igual à que fizera para a coronela. Mais tarde, apelidaria o movimento de "olá chamuscado".

Hart, que não passava de um rapaz de dezenove anos, arregalou os olhos, sem conseguir disfarçar o quão impressionado ficara. Capitão Trevor, por outro lado, olhou para o alto, em completo desdém. Estava irritado por ter que transportar cavalos no seu navio, e pessoas além do combinado. Sua vontade era colocar Kendra contra a parede e fazer aquela menina mimada ouvir umas poucas e boas! Mas a realização desse desejo era uma utopia, pois o homem não era corajoso nem burro o suficiente para fazer uma loucura daquelas.

Apesar de nada poder fazer contra Kendra, o capitão poderia se impor contra Desmond. Vendo a ideia se formar na mente do velho, Desmond lhe deu as costas, em um claro sinal de desprezo, e falou a Aisling e Dharon, em um falso tom autoritário:

– Levem os cavalos para o compartimento inferior e descarreguem a bagagem.

Aisling fez um aceno submisso e guiou Douce e o cavalo negro de Kendra por uma grande escotilha no convés, onde uma rampa improvisada descia até o compartimento que ficava logo abaixo deles. Dharon a seguiu, guiando Bainho e Romero. Sem perder tempo, Desmond se voltou novamente ao capitão.

– Se me dá licença, vou perguntar à Senhorita Kendra se precisa de algo. Se houver qualquer problema, eu aviso seus homens – completou, indicando Hart com o olhar.

Sem esperar uma resposta, Desmond se virou nos calcanhares e se dirigiu ao castelo de popa, onde ficava o camarote da coronela, deixando para trás um capitão indignado.

– E você? Vá arranjar serviço! – o capitão berrou para seu empregado. – É cada coisa que eu tenho que aturar...

Capítulo 7

O Furioso

O compartimento inferior ocupava toda a largura do navio, e pelo menos metade do comprimento. Apesar de ser grande, Aisling se sentiu enclausurada, pois o lugar estava abarrotado de pessoas, cavalos e mantimentos que haviam sido transportados para dentro no dia anterior. Todo o pelotão de Kendra estava se acomodando, e Aisling deduziu que era ali que passariam as noites no navio: junto aos cavalos.

Havia três janelinhas altas e quadradas de cada um dos dois lados do navio, mas pilhas de caixas bloqueavam o caminho e impediam que fossem abertas. Em direção à popa, ou seja, a parte de trás do navio, uma enorme porta dupla chamou a atenção de Aisling. Ela quis muito saber o que tinha por trás, mas nenhum dos tripulantes parecia interessado em entrar ali naquele momento.

Em direção à proa, a frente do navio, havia um caminho livre que seguia até uma porta entreaberta. Ela levava a uma pequena cabine onde se via uma mesa cercada por banquinhos e uma janela aberta. Ali, a Capitã Meredith, a Tenente Olwyn e o Tenente Yorath se instalavam, enquanto o resto da equipe, formada por cabos e sargentos, se espalhou pelo compartimento dos cavalos, que seria ocupado, também, por boa parte da tripulação.

Dharon logo sentou em um monte de feno a um canto,

semiescondido atrás de uma pilha de mantimentos encaixotados. Sentia o corpo tão dolorido e pesado que foi escorregando, escorregando, e, quando percebeu, já estava deitado. A exaustão do rapaz era visível.

Aisling descarregou a bagagem do lombo dos cavalos, como Desmond tinha mandado, e as acomodou em um canto. Tirou também e guardou as selas, pois não precisariam delas pelos próximos dias. Amarrou-os em um lugar onde não tivesse muita coisa jogada no chão e sentou-se ao lado de Dharon.

Os soldados do batalhão de Kendra lançavam a Aisling olhares desconfiados, de canto de olho. Mas em pouco tempo vários tripulantes do navio apareceram e toda a atenção se voltou para eles. Quase todos eram homens mal vestidos e mal-humorados, que não dirigiam a palavra a ninguém, apenas realizavam seu trabalho. Assim como seu capitão, estavam visivelmente descontentes em transportar passageiros, visto que aquele era um navio de carga.

Mas um deles era diferente. Jovem, do cabelo castanho quase laranja e ainda com espinhas na cara, Hart parecia alheio a toda aquela situação. Olhou para todos os lados para se certificar de que ninguém estava prestando atenção nele e andou discretamente para o canto onde Dharon e Aisling estavam. Ali, agachou-se até uma mochila, abriu-a e tirou dela um pergaminho. Quando ele olhou para o lado e finalmente percebeu que a atenção de Aisling se deitava sobre ele, tomou um susto tão grande que deu um pulo.

– Oi! – disse ela, disfarçando uma risada. – Você parece distraído, o que tá fazendo?

Ao ver que se tratava de uma jovem garota que não lhe representava ameaça alguma, ele relaxou os ombros e sentou sobre as próprias pernas, voltando a examinar o pergaminho enquanto falava com ela.

– Eu sou o cartógrafo do navio!

– Cartógrafo? O que é isso?

– Eu faço os mapas! Agora estou lendo um...

Aisling se aproximou para ver o pergaminho mais de perto. O mapa era uma representação de toda a costa norte de Vulcannus, separada de uma pequena parte da costa de Hynneldor por uma longa faixa de montanhas que descia de norte a sul.

– Dawnburg fica mais ou menos *aqui* – disse ela, apontando uma área do pergaminho que ainda estava em branco, ao sul de Porto Tarsillya.

– Sério? Você vem de lá?

– Na verdade, venho de Sollace... – Aisling ia mostrar a localização do vilarejo, quando lembrou que ele fora quase totalmente destruído; praticamente não existia mais. – Digo, venho ali de pertinho...

– Eu nasci no litoral, não conheço o interior... Quem sabe um dia eu viaje pra lá! – o menino falou animado, tirou uma pena e um frasco de tinta do fundo de sua mochila e fez uma pequena marcação no mapa, indicando Dawnburg.

– Puxa, gostei do seu mapa!

– Obrigado! Um dia eu vou mapear o mundo inteiro!

Hart enfiou a cabeça e os braços dentro da mochila, procurando alguma coisa, e Aisling voltou a observar o que acontecia ao redor. A porta da pequena cabine da capitã e dos dois tenentes estava agora fechada, e quase todos os soldados já tinham se acomodado pelo chão do compartimento maior. Enquanto isso, tripulantes subiam ao convés e desciam novamente à cabine, realizando suas tarefas. A enorme porta dupla continuava fechada, ninguém parecia interessado ou disposto a abri-la. Quanto mais Aisling olhava para ela, mais sua curiosidade se aguçava.

– Nem pense em entrar ali – Hart falou, de repente. – O capitão detesta que fucem nas mercadorias dele!

No mesmo momento em que a figura do capitão foi

mencionada, ele próprio apareceu na escotilha acima da cabeça de Aisling.

– HART! – gritou ele, a todo pulmão. – Você fica aí, o dia inteiro vendo esse mapa! Faça algo de *útil,* pra variar!

Dizendo isso, o capitão voltou para o convés, gritando ordens para o rapaz. Hart sorriu envergonhado para todos ao seu redor, guardou o mapa e seguiu o capitão.

Percebendo que todos estavam distraídos, Aisling decidiu aproveitar a oportunidade para enfim matar sua curiosidade e ver atrás da grande porta. Sem que ninguém percebesse, caminhou até lá e abriu lentamente um dos lados da porta dupla. Deparou-se com uma escada que descia em direção a um compartimento muito escuro. Outra pessoa abandonaria a ideia de descer ali, mas Aisling era dona de uma coragem gigante, e estava curiosa. Além disso, algo lhe dizia que deveria seguir em frente. Adentrou a descida escura e, com um último olhar para Dharon e o compartimento movimentado, fechou a porta.

Tateando a parede ao lado, desceu a escada com cuidado. Junto com a luz, o barulho de vozes e de gente trabalhando tinha ficado lá fora e, à medida que Aisling descia em direção ao desconhecido, mergulhava em um profundo silêncio. Pouco a pouco seus olhos se acostumaram com a escuridão e, agora que o sol não podia mais entrar, percebeu que uma fraca fonte de luz brilhava lá embaixo.

Antes mesmo de chegar à base da escada, percebeu que o compartimento era abaixo do nível do mar e estava abarrotado de caixas cheias de mercadorias para serem vendidas em Hynneldor. Pilhas e mais pilhas de caixas formavam altas paredes que configuravam um labirinto. Apesar de difícil, era possível andar ali.

Aisling logo encontrou a única fonte de luz do local, era uma lamparina que alguém esquecera acesa, cujo óleo estava quase no fim. Ela pegou a lamparina e se embrenhou na floresta de caixas, desbravando lentamente o local. A maioria das caixas estava carregada com grãos e cereais, mas havia muitas outras que estavam tão bem lacradas que não se podia ver seu conteúdo.

À medida que Aisling caminhava, deixava uma área de escuridão para trás. Virou à direita e à esquerda nos corredores de caixas, à esquerda e à direita, e então não sabia mais por onde tinha vindo. As madeiras que formavam as paredes do navio rangiam e estalavam. De repente, sentiu o corpo ser impulsionado para frente, e soube que o navio estava em movimento.

As passagens ficavam cada vez mais estreitas, e Aisling caminhou à procura da saída, ou à procura do final do compartimento. Vislumbrou um corredor que parecia levar a um lugar aberto e caminhou calmamente até ele. A escuridão e o silêncio a deixavam apreensiva.

Confirmando suas suspeitas, aquele corredor a levou a um espaço sem caixas, bem no fundo do compartimento. Mas uma coisa ela não esperava: encostado na parede de madeira e longe de todas as mercadorias, estava uma grande gaiola, com uma pessoa sentada dentro.

Era um homem. Nem alto nem baixo, nem gordo nem magro, mas muito forte. Tinha cabelo loiro, levemente encaracolado. Seria um cabelo bonito, se não estivesse comprido demais, sujo e desgrenhado. O homem estava encolhido num canto, com a cabeça baixa e o rosto escondido.

Quando Aisling chegou, trouxe consigo a lamparina, que emitia uma fraca luz em meio à escuridão total. Ao notar a mudança no ambiente, o homem lentamente levantou o olhar. Sua expressão era de completa derrota, cansaço, dor. Mas algo chamou a atenção de Aisling mais do que o estado do homem, mais do que sua situação degradante. Eram aqueles seus olhos verdes que ela não via há muito tempo.

– A-Adam! – gaguejou, incrédula, se comprimindo contra as grades da cela que o prendia. – O que você está fazendo aqui?

De repente, o homem a encarou com ameaça, com os olhos de um animal selvagem pronto para atacar. E atacou. Soltou um rosnado do fundo de sua garganta e avançou sobre ela cegamente, lançando as grandes mãos em sua direção. As mãos de um predador.

E a luz da lamparina se apagou.

Um som de metal foi seguido por um baque. Aisling não podia ver nada na escuridão, se desequilibrou com o susto e caiu para trás, estatelada no chão. Ainda segurava a lamparina, agora sem óleo. Olhou em volta, em vão. Sabia que não estava machucada, mas atordoada com a cena. Ouviu um som de passos vindo de trás, do labirinto de caixas. Virou-se e viu uma luz se aproximar. Do mesmo lugar de onde viera, Desmond surgiu. Trazia nas mãos uma pequena chama que ele mesmo criara.

– Você não devia estar aqui! – repreendeu.

Passou a manipular a chama com uma só mão, e com a outra ajudou Aisling a se levantar. Ela olhou na direção da cela e descobriu o que tinha impedido Adam Boyd de golpeá-la. Além das grades, ele também estava preso por grossas correntes.

– Adam, não me reconhece? Sou eu, Aisling!

Mais uma vez, o homem tentou machucá-la, sem sucesso. A luz de Desmond era mais forte do que era a da lamparina, e com ela Aisling pôde vê-lo melhor. Era mesmo Adam Boyd, o ex-guerreiro da vila de Sollace, mas estava muito diferente. Além da óbvia perda de memória, estava muito machucado. Sua pele clara como leite fora arranhada, cortada, batida, chicoteada. Aisling reconheceu uma marca de mordida em um de seus braços.

– Você conhece este homem? – Desmond perguntou.

– Ele é o mestre do Dharon. Deixou nossa vila pra tentar se tornar um Furioso! – Aisling não conseguia imaginar o que podia ter-lhe acontecido para ficar naquela situação. Observava o velho amigo se debater na cela, os olhos ardendo em ira.

– E conseguiu!

– Como assim?! – agora a atenção da menina era toda de Desmond. – Como assim, *conseguiu* se tornar Furioso? Nunca vi um Furioso preso numa gaiola, sem reconhecer seus amigos, sem reconhecer uma das pessoas que protegeu a vida toda!

– Aisling, você já conversou com um Furioso? Ele fala qualquer coisa, menos sobre sua vida antes do treinamento.

– Quer dizer que isso *faz parte* do treinamento?

Desmond respirou fundo. Se aquele era mesmo um amigo de Aisling e Dharon, então ele lamentava o ocorrido.

– Aisling, eu vi os Furiosos que vocês têm em Vulcannus, eles são diferentes dos que são usados em Hynneldor. Eu não sei como é o treinamento deles, gostaria muito de descobrir. Mas eles perdem toda a memória no processo, e se tornam bestas irracionais. – Desmond indicou Adam com o olhar, e continuou a explicação. – Essa é a época mais forte, e eles são enviados para lutar em Hynneldor. Aos poucos, vão conquistando novas memórias, reaprendem a falar e voltam a ter um pouco de humanidade. É aí que são levados de volta, para servir em Vulcannus. Mas não duram muito tempo por lá... Quando começam a ficar humanos demais, eles são descartados.

– Descartados? Eles se aposentam? – perguntou Aisling, com sua inocência inerente. Desmond não soube como responder, e fez um silêncio significativo. – Eles... morrem?

– Não sei o que fazem com eles, mas coisa boa não é.

– E o que vamos fazer? – Aisling se referiu a Adam de novo.

– Aisling, eu nunca vi o processo de transformação em Furioso ser revertido. Acredito que seja impossível.

Aisling abriu a boca, mas não sabia o que dizer. Continuou com a boca aberta enquanto processava a informação. Adam nunca mais se lembraria dela, nunca mais se lembraria de Dharon. Lutaria como um animal em Hynneldor, para só depois servir em Vulcannus, como sempre desejou. E, quando não fosse mais necessário, se livrariam dele.

– Um Furioso salvou minha vida uma vez – comentou Aisling, com tristeza.

– Ele tinha algum motivo para isso? Fazia parte de alguma missão?

– Na verdade, ele precisou deixar um fugitivo escapar pra me salvar. Um tal Ricochete, nunca mais ouvi falar dele. Eu não sei direito como foi, o Dharon que me contou...

– Ricochete, o bardo? Preciso que você me conte essa história melhor, numa outra hora. – Desmond repentinamente se interessou pelo assunto. – Mas, se isso tudo é verdade, esse Furioso que te salvou não deve ter durado muito tempo depois disso.

– É, – Aisling abaixou a cabeça – mas me diz, como você pode ter tanta certeza? Como você sabe disso tudo?

– Aisling, eu nasci em Hynneldor. Por toda minha vida, fomos inimigos de Vulcannus e já realizamos muitas missões de espionagem por lá. Inclusive, Ricochete foi um de nossos informantes por um tempo... Mas, sobre o que eu te disse dos Furiosos, isso ninguém me contou. Fui eu mesmo que descobri.

– Mas como você controla o fogo, se nasceu fora das fronteiras de Vulcannus? – nesse momento, houve um forte barulho de metal que assustou os dois. Mas não passava de Adam, ainda tentando atacá-los.

– Eu nasci em Hynneldor, assim como minha mãe. – Desmond continuou, olhando para Adam com tristeza. – Mas meu pai, ele era um tenente de Vulcannus. Dizem que foi amor à primeira vista... – Desmond olhou para o fogo em suas mãos, e brincou com ele. – Eu controlo o poder do fogo, e também o poder do ar. Não sou muito bom com nenhum dos dois, mas eles me ajudam muito! Não vou negar que eu seja um charlatão... – E concluiu com um riso de canto de boca.

– Um tenente de Vulcannus se *apaixonou* por uma inimiga? – era informação demais para Aisling. Ela suspirou e olhou de novo para Adam Boyd. Ele parecia finalmente ter desistido de lutar contra o enclausuramento, mas não estava nada feliz.

– Aisling, não há nada que você possa fazer quanto a isso. Concentre-se em Dharon, e nas pessoas que você ainda pode ajudar.

Dizendo isso, Desmond pôs a mão no ombro da menina e a fez voltar por onde tinha vindo. Com um último olhar para Adam, os dois entraram no labirinto de caixas, deixando-o na escuridão.

Capítulo 8
Desavença em Alto-mar

Era noite. Uma fria e úmida noite. Espessas nuvens de névoa se formavam ao redor do navio, que estava à deriva em um mar estático. Dharon estava apoiado no parapeito do navio. Seu olhar buscava o horizonte, mas nada podia ver além do branco-acinzentado da névoa, e da escuridão ao redor.

Foi quando ouviu um grito.

Era um timbre de voz conhecido, que vinha da popa. Era Aisling. Dharon se afastou do parapeito e correu em direção a ela. Mal podia enxergar seus próprios pés em meio à neblina, era guiado unicamente pelo som. Chegou à popa, e ainda não a tinha alcançado.

– Aisling! – gritou, em direção ao mar. A amiga respondeu, gritando seu nome:

– Dharon!

Ele chamou por ela novamente. Aisling só podia estar na água! Ela não sabia nadar, ia se afogar! Dharon olhou ao redor e não encontrou nenhum tipo de corda, que pudesse usar para tirá-la de lá.

– Homem ao mar! – gritou, em seguida pulou o parapeito e se jogou na água salgada, ainda procurando por ela.

Nadou, nadou e nadou. Mas, por mais que se esforçasse, não conseguia se aproximar de Aisling. Pelo contrário, a voz vinha cada vez de mais longe. Olhou para trás. O navio ainda estava muito próximo. Continuou nadando e olhou para trás novamente. E percebeu que não saía do lugar.

Dharon voltou a nadar para longe, e encontrou uma grossa camada de espuma que flutuava na superfície da água. Nadou espuma adentro, ela não lhe fazia mal. Continuou nadando e a espuma ficou cada vez mais densa e abundante. Dharon olhou para o alto, e ela já lhe cobria a cabeça.

Começou a sentir falta de ar. Qualquer um que treine pode nadar sobre a água. Mas nem mesmo Dharon, exímio nadador, podia nadar sobre espuma. E a espuma lhe cobria e abafava.

– Aisling! – gritou, com todas suas forças.

De repente, a espuma se transformou em fogo. O fogo consumiu toda a água do oceano e Dharon se viu flutuando no ar. E o fogo começou a consumi-lo.

■

– Dharon! Dharon! – repetia Aisling.

O tempo estava ótimo. O navio velejava a toda velocidade, balançando ao sabor da maré. O compartimento onde dormiam estava quente e arejado, mas Dharon estava muito mal. Sua temperatura estava instável, variando do gelo ao fogo. Aisling lançou um olhar desesperado para Desmond, que estava em pé a seu lado.

– O que eu faço? – perguntou ela. – A febre dele não abaixa!

Dharon estava deitado sobre um monte de feno, delirando. Estivera ali desde o dia do embarque. Viajar por tantos dias havia sido um esforço muito grande, e seu corpo cobrava um preço alto por aquilo.

Desmond estava pensativo, uma ruga se formava em sua testa. Até aquele momento, tudo tinha corrido bem, mas pensava em como fugiriam dali levando os três cavalos e o rapaz doente. Sem se dar conta de que Aisling falava com ele, deu as costas e subiu as escadas para o convés. O sol chicoteava o navio com seus raios e a vista alcançava até o infinito. Marujos trabalhavam tranquilamente, enquanto os soldados se espalhavam por todo o convés conversando, jogando cartas ou até mesmo dormindo.

Os primeiros dias de viagem haviam sido complicados. Vários passageiros demoraram a se acostumar com o balanço das águas, enquanto o clima entre Kendra e Meredith ficava cada vez mais pesado. Além disso, um vento frontal obrigara o Capitão Trevor Walsh a velejar em ziguezague, o que atrasou a viagem. Mas aquele já era o sétimo dia, e um vento a estibordo os agraciava com sua velocidade.

– Parece que a gente vai chegar bem a tempo! – falou o capitão, dando tapinhas no ombro de Desmond.

Apesar de causar uma má primeira impressão no capitão, Desmond aos poucos despiu sua máscara de arrogância e passou a ajudá-lo sempre que possível, tornando aquela uma convivência saudável.

– A tempo para quê? – perguntou Desmond, erguendo as duas sobrancelhas.

– Como assim *pra quê?* – repetiu o capitão. – Pra lua nova, é claro! – deu mais um tapinha no ombro de Desmond e se afastou. – Preciso vender as poucas coisas que consegui trazer, encher o navio com especiarias e zarpar de volta a Vulcannus! Os negócios me esperam! – disse com um sorriso.

– Tem razão, alguns poucos dias de atraso fariam diferença no final – raciocinou Desmond.

– Alguns poucos dias? – o homem do mar o encarou sério. – Se perder a lua nova, vou ter que esperar até a próxima para deixar essa terra imunda!

Desmond olhou para ele. Ouvi-lo se referir a Hynneldor como "terra imunda" não o agradava, mas aprender a engolir em seco este tipo de ofensa era o preço a ser pago por se infiltrar em território inimigo. – Por que não parte de Hynneldor em lua crescente? – perguntou.

A simples menção fez o capitão arregalar os olhos, abrir a boca e arrepiar a espinha. Ele olhou para os dois lados para se certificar de que ninguém ouvia sua conversa, e passou a falar em tom mais baixo.

– Não se sai de Hynneldor em dia de lua – disse. – Existe uma lenda. Você é homem da terra e não sabe, mas tem a Ilha Oscilante. É uma ilha mágica que se move pelos cinco mares. Ela vem pra perto do porto de Hynneldor de tempos em tempos. Não que eu tenha medo, longe disso! São os marujos... – ajuntou, evitando o olhar.

– Ilha Oscilante? – repetiu Desmond, incrédulo.

– Vai rindo! O dia que você *ver ela*, vai sair correndo feito uma donzela.

– Deixe-me adivinhar: essa ilha só vai para lá em dia de lua? – continuou Desmond, ainda não acreditando na história.

– Ela pode ir qualquer dia. Mas, sabe como é, quando não tem lua, não dá pra ver! – respondeu o capitão, com uma risada.

– Claro. – Desmond riu também. – E em quantos dias chegaremos?

– Se tudo der certo e Caddock permitir, em uns dois dias a gente chega a Porto Montagne. A gente dorme uma noite lá, e depois mais uns cinco dias até Porto Assurance. Aí, vocês partem pra Birendra, e eu volto pra Vulcannus. Em lua nova!

– Parece bom.

– É *ótimo!*

– E uma parada em Porto Montagne para esticar as pernas...

– Por mim, eu *navegava* à noite, mas a coronela quer dormir em terra, fazer o quê?

– Talvez fosse bom descer os cavalos também, para fazer algum exercício e não chegarem molengas a Porto Assurance.

– Ah, é? Não sei muito de cavalo.

– O cavalo da coronela é muito forte, e de boa raça, ele não precisa. Mas os outros três, seria bom.

– Pois faça o que quiser, homem dos cavalos. Só não atrase a viagem! – brincou o velho.

Mais tarde, Desmond contou a Aisling que já sabia exatamente onde e como reaveriam os cavalos. Eles iriam roubá-los em Porto Montagne, dentro de dois dias.

■

Aisling estava cruzando o convés. Ia da cozinha do navio, que ficava no andar mais alto da proa, até a escotilha que levava ao compartimento inferior. Desviava com agilidade dos passageiros e tripulantes que iam de um lado para outro, ansiosos com a iminente chegada a Porto Montagne, e não derrubava uma gota sequer da vasilha de água que levava para Dharon.

– Ele acordou! – disse ela, triunfante, ao passar por Desmond, e enfeitou a face preocupada com o esboço de um sorriso.

Foi quando se deu uma rápida sequência de acontecimentos. Uma série de sons chamou a atenção de todos os presentes para a área alta da popa, onde ficava o timão. Um som de gritos e luta.

– É por culpa *sua* que estou no meio do nada, sem esperança de voltar pra casa! – gritou Meredith a Kendra, e lhe lançou um tapa com a mão direita.

Kendra defendeu-se de Meredith com seu braço esquerdo e meteu um murro no estômago da capitã. Meredith levou as duas mãos à barriga. Uma lágrima escorreu de um de seus olhos e levou alguns minutos para recuperar o fôlego.

– Coloque-se em seu lugar, *capitã*. Você não é ninguém para questionar minhas ordens. Para questionar as ordens do rei em pessoa, o símbolo máximo do poder em Vulcannus, representante de Caddock na terra! – disse Kendra, com seu costumeiro tom de superioridade. Então voltou-se aos outros soldados que ali estavam, e a quem quisesse escutar. – Nosso pelotão foi especialmente destacado para ir a Hynneldor, descobrir a localização da Resistência e destruí-la. Isto é motivo de orgulho para todos nós! Muitos fracassaram, mas não nós. Esta é nossa grande oportunidade! Voltaremos a Vulcannus gloriosos, e entregaremos a cabeça dos nossos inimigos para nosso Rei!

– O rei nunca teria nos mandado nessa missão estúpida, se não fosse *você!* – Meredith voltou a gritar. – A culpa é toda sua! Não me olhe com essa cara, você sabe muito bem do que eu estou falando. Você sabe muito bem o que fez!

As duas mulheres avançaram uma contra a outra, dessa vez estalando línguas de rodo ao redor. Meredith lançou uma rajada incandescente de suas mãos no peito de Kendra, mas seus poderes não estavam à altura dos da coronela. Esta então segurou o ataque nas mãos, fortaleceu as chamas ainda mais e lançou-as de volta a Meredith.

– ARRRG! – Meredith não conteve o grito de dor. Suas roupas agora crepitavam em chamas, assim como seu cabelo e sua pele. O fogo criado por Kendra chegava a temperaturas altíssimas, muito superiores ao calor de fogo comum.

– Cuidado! – gritou o capitão, temendo que as chamas se alastrassem pela madeira do navio.

Mas Kendra já estava atenta a tudo. Apesar da alta temperatura, seu fogo era controlado. Com muita concentração, ela conseguia mantê-lo apenas em Meredith. E, por mais que a capitã se debatesse no chão, o fogo não se apagava, tampouco queimava o navio.

Todos os presentes pararam o que estavam fazendo para assistir à cena hedionda. Os soldados já tinham presenciado incidentes parecidos, mas, mesmo assim, sempre se surpreendiam. O capitão, os tripulantes, Desmond e Aisling ficaram perplexos, o sangue gelado. Não sabiam até onde iria a crueldade da pistiro.

Kendra estava calma, apenas assistia ao sofrimento de Meredith e cuidava para que ninguém mais se ferisse e para não danificar nenhuma estrutura. Meredith não conseguia reagir nem contra-atacar, apenas gritava desesperadamente por socorro.

Aisling deu um passo para frente, impelida pelos gritos incessantes, mas Desmond segurou-a pelo braço antes que ela tentasse ajudar Meredith, e acabasse sendo castigada também. Kendra deu as costas para a capitã agonizante e mais uma vez dirigiu a palavra para todos os presentes.

– Isso é o que acontece com quem desrespeita as ordens de Griffith Cadel, Senhor supremo do fogo e Rei de Vulcannus. Eu sou Kendra, Coronela do Território de Hynneldor, e não permitirei nenhuma ofensa a mim e ao meu rei e senhor.

De onde ela estava, duas escadas desciam até o convés de onde todos assistiam, uma à direita e outra à esquerda. Lentamente, Kendra se dirigiu à escada da direita, deixando Meredith para trás. Todos estavam apreensivos. Os gritos de dor continuavam intensos, o fogo rasgava e consumia a pele de Meredith, enquanto ela se debatia. Desmond afrouxou a mão que segurava Aisling e, instintivamente, ela aproveitou a oportunidade e correu até onde ficava o timão, pela outra escada, a da esquerda.

Kendra assistiu passivamente à atitude de Aisling. A menina correu até Meredith e derramou nela toda a água que carregava na vasilha para Dharon. Mas a água era muito pouca, e o fogo sequer se abalou. Sem uma ideia melhor, enfiou as mãos no fogo, arrastou a mulher até a borda do navio e, por uma abertura no parapeito, empurrou-a ao mar. Quando a capitã tocou a água, uma espessa nuvem de vapor se levantou, e o fogo se apagou. Em seguida, a ponta de uma corda jogada por Aisling caiu a seu lado.

Meredith estava completamente desfigurada e tinha perdido todo o cabelo. Apesar disso, ainda estava sã, e agarrou a corda. Lançou a Aisling um olhar indecifrável, dadas as queimaduras de sua face, mas que a menina imaginou ser algo entre medo e agradecimento. E então foi atingida por uma grande bola de fogo, que a fez soltar a corda e afundar, e não mais emergiu.

Kendra estava ao lado de Aisling e a observava com o cenho franzido. Parecia estar pesando os acontecimentos. Aisling sentiu medo, mas encarou a pistiro nos olhos, não dando um passo para trás, sequer. Mas antes que Kendra decidisse uma punição para a menina, Desmond interveio:

– O que você *pensa* que tá fazendo, mocinha?! – ele gritou com Aisling. – Não contrarie a coronela! – dizendo isso, Desmond deu um tapa com as costas da mão no rosto de Aisling.

Foi um tapa tão forte que a menina foi arremessada ao chão. Quase caiu do navio pelo mesmo lugar por onde jogara Meredith, ficou com quase todo o tronco para fora, e apenas as pernas para dentro. Mas segurou-se firmemente à beirada, com suas mãos queimadas pelo fogo mágico.

Mais uma vez, Kendra analisou Desmond dos pés a cabeça. Ela gostava dos métodos dele, apesar de que ainda poderiam ser melhorados, se ele fosse um pouco mais severo.

– Senhorita Kendra – disse ele –, por favor, sinta-se à vontade para punir minha serva da forma que julgar adequada.

Rastejando de costas, Aisling voltou para dentro do navio. Sentou sobre as próprias pernas e olhou para as mãos queimadas. Ardiam como Aisling nunca havia sentido, e estavam vermelhas. Mas apenas as palmas das mãos haviam sido afetadas. Não tinha se machucado com fogo de Kendra, mas apenas com o calor da pele de Meredith. Desmond cuspiu no chão à sua frente, demonstrando desprezo.

– Confio nos seus métodos de punição – respondeu Kendra.

Por um momento, Desmond pensou que a coronela iria embora, mas algo a deteve. Kendra flexionou os joelhos, de modo que pudesse alcançar o queixo de Aisling com a mão, e puxá-lo para cima, fazendo-a levantar a cabeça, para visualizar seu rosto.

– Tenho a impressão de já tê-la visto antes... – disse.

Aisling ficou calada. Seria possível que Kendra se lembrasse do encontro que tiveram cinco anos antes, na ocasião em que o bardo Ricochete visitara Sollace? Fazia muito tempo, e Aisling tinha se tornado uma moça. Além disso, não trocaram palavras na época.

– Você é proveniente da Planície Central? – perguntou a coronela.

Aisling nunca fora uma boa mentirosa, ainda mais quando se tratava de uma pergunta tão direta. Não soube o que responder, por isso ficou calada, e contou com Desmond para resolver o problema. Ele, por sua vez, não sabia de onde Aisling vinha, pouco sabia sobre a história na qual sua vida fora salva por um Furioso. Apenas preocupou-se em manter a expressão séria.

– Responda à coronela! – ordenou.

Aisling pensou em uma gama de possibilidades. Podia dizer que sempre estivera em Porto Tarsillya, ou podia confirmar que era da Planície Central, mas mentir que era proveniente de Dawnburg. De uma ou de outra forma, ela sabia o quanto seria fácil reconhecer uma mentira saindo de seus lábios. Mas ela tinha que responder alguma coisa.

Aisling abriu a boca para improvisar algo, quando, do alto do mastro principal, na plataforma de observação, um majuro gritou:

– Terra à vista!

Kendra perdeu o interesse em Aisling instantaneamente. Largou-a, deu as costas e voltou para seu camarote, para pegar seus pertences pessoais e se aprontar para, pela primeira vez em sua vida, pôr os pés em Hynneldor.

Desmond prosseguiu com sua encenação. Pegou Aisling pelos cabelos e a arrastou, gritando de dor, escada abaixo, para o lugar onde Dharon a esperava. Os tripulantes se prepararam para receber ordens de seu capitão, e os soldados voltaram a fazer o que estavam fazendo antes da briga, porém com muito mais cautela.

– Prestem atenção – disse Desmond a Aisling e Dharon, quando estavam sozinhos. – Nossa única oportunidade de escapar será esta noite. Por isso, preparem-se para correr, e estejam sempre alerta.

■

No camarote principal do navio, Kendra já havia juntado tudo o que precisaria para passar a noite em Porto Montagne. Enquanto o navio se aproximava da costa, adentrando uma pequena baía, ela se debruçou em uma janela a bombordo e observou a paisagem.

A cidade não passava de um vilarejo. Tinha um porto menor do que o menor porto de Vulcannus, que era circundado por casinhas coloridas. A areia da praia tinha um tom de amarelo muito claro, e a vegetação além era uma mistura de marrom acinzentado e verde selvagem. Ao fundo, várias montanhas recortavam o céu com seus picos brancos. Era a Grande Cordilheira do oeste, que marcavam a fronteira entre Vulcannus e suas vizinhas Hynneldor, ao norte, e Datillion ao sul.

Era a primeira vez de Kendra naquele reino, e a ideia não a agradava nem um pouco. Deixar de ser a coronela da Planície Central para assumir no Território de Hynneldor não era, de forma alguma, uma promoção. Pelo contrário, era um castigo! Mas Kendra não tinha cometido crime algum, nenhuma ofensa. Pelo menos, não em sua concepção. Ela apenas guardava um grande segredo. Segredo, este, que Meredith quase trouxera à tona para todos saberem.

Enquanto observava a pequena vila de Porto Montagne cada vez mais de perto, Kendra se lembrava da ocasião em que recebera sua carta de nomeação para o novo cargo. Aquela era uma lembrança amarga.

Capítulo 9

Devaneios de Kendra

A porta dupla se abriu completamente e Kendra adentrou o salão sem ser anunciada. Como de costume, vestia seu uniforme do exército, com quatro estrelas que indicavam sua patente de coronela. Nas mãos, carregava apenas um pedaço de pergaminho. Era sua carta de nomeação.

O rei, Griffith Cadel, estava sentado em uma poltrona confortável, com as pernas cruzadas. Era jovem, e usava uma veste nobre, porém leve, que deixava o peito à mostra. Parecia distraído enquanto apreciava o cantar de um pássaro amarelo em uma gaiola. Seu cabelo era liso e comprido, caindo sobre os olhos e ombros.

Ao seu lado, uma criança o fazia companhia. Era difícil saber se era menino ou menina, mas, seja lá o que fosse, era uma criança muito bonita. Seu cabelo era ruivo vibrante e, despenteado, ia quase até os ombros. Sua pele branca era enfeitada com várias sardinhas na altura das bochechas, o que lhe dava uma aparência brincalhona.

Nem o rei, nem a criança demonstraram surpresa à presença repentina da mulher, ambos pareciam já saber de sua chegada. Calmamente, a criança se dirigiu à porta por onde Kendra havia entrado, cruzando com ela, e foi embora. O rei, sem sequer tirar os olhos do pássaro, dirigiu-lhe a palavra:

– Você parece nervosa, Kendra. Interessa-me saber o

motivo que a levou a derrubar minha guarda pessoal e vir até meus aposentos sem ter sido convidada.

A mulher olhou ao redor. O enorme quarto do governante supremo daquelas terras parecia igual a todas as outras ocasiões, com exceção de um artefato muito curioso, disposto ao lado da gaiola do pássaro amarelo. Era uma esfera mágica onde se podiam ver os corredores do castelo, quem estava lá e fazendo o quê.

– O que é isto? – perguntou a mulher.

– Tecnologia advinda de Tapísia. Com ela, posso ver tudo o que acontece em minha fortaleza. – dizendo isso, o rei lançou-lhe um olhar acolhedor. – Agora diga-me, Kendra, o que a traz aqui?

– Acabo de receber uma carta de realocação. Diz que devo ir a Hynneldor e está assinada por Vossa Majestade – Kendra esticou-lhe a mão com o pergaminho, uma carta com o selo oficial do Império.

O rei se levantou e caminhou até ela, sem a menor pressa. Ele era muito mais alto e forte, o que a fazia parecer frágil ao seu lado. Pegou a carta e analisou-a.

– De fato, recordo-me de ter assinado tal documento.

– Mas, Vossa Majestade, eu não devo sair de Vulcannus! Minha área de atuação é a Planície Central, sou especialista naquela região!

– Não se preocupe, encontraremos alguém para substituí-la – disse ele, devolvendo a carta, e virou as costas.

– Mas, meu senhor, virarei subalterna de um imundo manipulador do ar? Eu não poderia ser mais *humilhada!*

– Deveras desconcertante, o fato de o general da regência de Hynneldor ser um nativo. Mas não se precipite: trata-se de um poderoso aliado. Agora, vá até lá e assuma sua nova posição.

Sem pensar, Kendra esticou a mão e segurou o rei pelas roupas, antes que ele se distanciasse. Ele lhe retornou um olhar de desaprovação e nojo, que a fez soltá-lo imediatamente e desviar o olhar. Aquilo não era jeito de se portar diante do Rei.

– Se eu for a Hynneldor – continuou ela, a voz trêmula, e em um tom mais baixo –, ficarei longe de Vossa Majestade por muito tempo...

Ele se virou novamente de frente para ela, chegando tão perto que quase a podia tocar com o olhar. Seus cabelos agora caíam ao lado da cabeça dela, em uma inquestionável demonstração de intimidade.

– Notei que sua barriga está crescendo – disse ele. A moça ergueu a cabeça e o encarou, espantada. Então, ele sabia! – Não só eu, outras pessoas também perceberam. – novamente ela desviou o olhar, acuada.

O rei se distanciou de Kendra, novamente lhe dando as costas. Ergueu a cabeça, respirou fundo e declarou:

– Ordeno que vá a Hynneldor e apenas retorne quando tiver se livrado deste *problema*.

Aquilo foi um choque para Kendra. Então, o filho do rei que estava por vir não passava de um problema! Isso não fazia o menor sentido para ela. O rei não possuía esposa, não possuía herdeiros. Nada melhor do que um filho pistiro, para unir definitivamente sua raça forte, porém ainda dispersa, ao trono de Vulcannus.

Ela ficou ali parada, encarando as costas de seu amado rei. Sua boca estava aberta, mas ela não sabia o que dizer. Seu coração, se é que tinha um, estava partido em milhões de pedaços. Ela sabia que aquele era o momento mais frágil de toda sua vida.

O rei observou a esfera tapísia e soube, com antecedência, que sua guarda pessoal tinha se reorganizado e estava entrando no aposento.

De todas as pessoas que tinham o poder de criar e controlar o fogo, quem demonstrava maior habilidade eram as mulheres. Por isso, a maioria dos altos postos do exército era ocupada por mulheres, assim como grande parte da guarda pessoal do rei.

Vários soldados e soldadas irromperam pelo quarto, mas não sabiam exatamente o que deviam fazer. Kendra era do alto escalão e apenas poderiam prendê-la sob ordem expressa do rei. Por isso, se posicionaram ao redor dela, aguardando instruções.

Kendra permanecia imóvel, alheia à agitação ao seu redor. Continuava com os olhos fixos no rei, tentando imaginar o que se passava na cabeça dele, e qual seria a melhor atitude que ela poderia tomar. Foi quando um homem entrou no quarto. Era um mensageiro oficial, um reles cabo, que trazia uma carta a sua coronela.

– Senhorita Kendra, uma mensagem urgente! É da Capitã Meredith – disse o mensageiro, e em seguida entregou-lhe a carta e se retirou.

O rei olhou para Kendra e esperou pacientemente enquanto ela abriu a carta e leu o conteúdo. Ao fim, resumiu aos presentes:

– Uma salamandra está atacando a região de Dawnburg.

O rei ergueu o queixo, em um movimento característico, e sentenciou:

– Esta será sua última missão em Vulcannus. Depois de capturar a criatura, deverá viajar imediatamente e se apresentar ao general de Hynneldor. Então retornará apenas quando tiver eliminado a rede de informações daquele movimento rebelde em sua totalidade... ou até eu mandar.

Kendra abaixou a cabeça e deixou os ombros caírem, sentindo-se derrotada. Os soldados presentes se entreolhavam, espantados, enquanto o rei se aproximou dela mais do que se aproximaria de qualquer outra pessoa, e disse em seu ouvido:

– Não se preocupe. Quando você retornar, a nomearei minha generala, e ficaremos muito mais próximos.

Kendra não levantou a cabeça ao ouvir isso, e apenas pôde ouvir o rei sair pela porta adiante. Ficou ali, imóvel. Seus olhos estavam inundados. Era uma mistura de tristeza, dor e ódio, que demorariam muito para passar.

Mas ela estava decidida. Um desafio era um desafio, e ela não ia falhar. Podia ser realocada, ou até expulsa, mas cumpriria sua missão e retornaria de queixo em pé, por que Griffith, o rei, a chamaria de volta.

Capítulo 10
Porto Montagne

As coisas estavam agitadas no pequeno vilarejo de Porto Montagne. Serge, o dono da única estalagem das redondezas, gritava ordens para todos ao redor. Não apenas seus empregados ajudavam nos preparativos para receber a renomada coronela, como também todos os outros moradores da vila. Todos tinham medo que algo desse errado e a ira de Kendra assolasse sobre eles.

Apesar da agitação, Porto Montagne era um vilarejo pequeno e calmo. Banhado pela Baía dos Coqueiros, localizava-se na região leste do reino de Hynneldor, sendo o último povoado costeiro antes da Grande Cordilheira que os separava do reino de Vulcannus e, por isso, o primeiro que fora subjugado, quando o Rei Griffith decidira atacar por mar.

Por entre pedras e coqueiros, podiam-se ver algumas dezenas de casinhas coloridas, onde viviam os nativos, além da estalagem, que, apesar de ser pequena, se destacava com seus dois andares. Além disso, um pequeno templo fora erguido séculos atrás, em nome da deusa Zyria, protetora de Hynneldor. Era branco, mas o tempo e a umidade fizeram com que a tinta descascasse em alguns lugares e transformaram a porção mais baixa das paredes em preto-mofo. Tudo demonstrava o descaso com o templo. Já era de se esperar, a deusa há muito tempo se esquecera do reino, e por ele fora esquecida.

O templo estivera abandonado por décadas, desde que Vulcannus invadira Hynneldor, destruindo as estátuas da deusa e os símbolos sagrados. Depois de tanto tempo, finalmente suas janelas estavam novamente abertas e o chão limpo, pois, devido à falta de espaço na estalagem, ali ficariam hospedados alguns dos soldados de baixa patente e os tripulantes do navio.

– Eles chegaram! – gritou um menino, que se agitava e acenava para o navio. Lembrava Aisling, quando chegava uma carroça em Sollace: ela acenava e avisava sua avó aos berros.

Todos correram para ajeitar os últimos detalhes, e Serge foi até o cais, que era tão pequeno que mal podia ser chamado de porto. Ele estava acompanhado de alguns dos humildes chefes de família da região, para receber os recém-chegados. Todos que usavam chapéus os seguravam na mão, em sinal de respeito.

– Não desembarquem, por enquanto – disse Desmond a Aisling e Dharon, no compartimento interno do navio. – A chegada vai ser um alvoroço e não quero ninguém nos fazendo perguntas. Esperem aqui até que todo mundo saia. Quando a poeira baixar, desçam nossos cavalos. – então parou para refletir e medir as palavras, e continuou as orientações. – Mas façam isso pouco antes do pôr do sol, acho que nessa hora todos estarão dentro das casas, e vocês não vão gerar suspeitas. Deixem meu cavalo próximo da saída da vila, e sigam a única estrada, a trote. Se alguém perguntar, digam que estão levando os cavalos para fazer algum exercício. Eu montarei Romero e os alcançarei em breve.

– E depois? – Aisling quis saber.

– Agora não é o momento de dizer pra onde vamos, mas tenha certeza de que lá você vai conseguir a ajuda que precisa.

Dizendo isso, Desmond subiu para o convés e assistiu à chegada, junto com os demais. As pessoas da vila estavam apreensivas, mas fingiam um sorriso acolhedor. Pouco a pouco, o navio se esvaziou. Primeiro Kendra desceu, seguida por seus subordinados, depois o Capitão Trevor Walsh e a maioria dos tripulantes.

De tempos em tempos, Aisling espiava lá fora. O sol já estava próximo ao horizonte, mas ela não agiu no impulso. Esperou pacientemente até o momento que julgava mais propício, conforme Desmond a instruíra.

– Dharon, acho que é agora.

Sem reclamar, Dharon se levantou e a acompanhou até os cavalos. Juntos, selaram Bainho e Romero, e posicionaram uma grande tábua em cima da escada que levava ao convés, prendendo-a fortemente para formar uma rampa por onde os cavalos poderiam subir, da mesma forma como haviam descido. Aisling se preparava para guiar os cavalos rampa acima, quando Dharon a segurou pelo braço.

– Como vai trotar numa égua sem sela? – ele perguntou. Aisling não tinha pensado nisso, e não soube o que responder. Dharon notou a cara de espanto dela e prosseguiu. – Pegue a sela do cavalo de Kendra.

– Mas... – "isso seria roubar", ela pensou em dizer, mas não chegou a completar a frase.

– Aisling, estamos enrascados! Vamos ter que fazer isso, ou sei lá o que vai acontecer com a gente. – ignorando os resmungos sem sentido da menina, Dharon colocou a sela de Kendra em Douce, que esperou pacientemente e pareceu bem confortável daquela forma. Era um animal muito manso, formidável!

– Tá bom, agora vamos embora, então – disse Aisling.

Os dois combinaram que Aisling subiria os cavalos um a um até o convés, e Dharon os desceria até terra firme. Bainho e Romero já estavam em terra, e Aisling guiava Douce rampa acima, quando um marujo que tinha ficado para cuidar do navio surgiu no convés e se intrometeu:

– Que vocês tão fazendo?

– Vamos levar os cavalos para um exercício – Dharon

respondeu prontamente. – Para não ficarem molengas!

– Ah, tá – retrucou o marujo, pouco interessado. – Levem o pretão também!

Aisling e Dharon se entreolharam e consentiram. Era melhor não discutir. Dharon desembarcou a égua enquanto Aisling buscou o cavalo de Kendra no compartimento. Por fim, Dharon e os quatro cavalos já estavam no cais, faltava apenas Aisling. Antes de descer, porém, ela aproveitou a altura privilegiada do navio e deu uma boa olhada na paisagem. Os visitantes podiam não se importar, e os habitantes locais podiam já ter enjoado, mas a verdade é que a vista era de tirar o fôlego!

O vilarejo era um pouco maior que Sollace; mesmo assim, era bem pequeno. Ao norte, era lambido pelas calmas ondas da baía, que espalhava azul até onde a vista alcançava, enquanto, por todos os outros lados, era a cor verde que se via. As terras daquela região eram divididas em imensas áreas de mangue e uma profunda mata fechada e virgem. Os campos cultivados, pensou Aisling, deviam ficar um pouco afastados da costa, atrás dos longos morros verdes que formavam um paredão natural.

Ao leste, a Grande Cordilheira formava uma parede que se estendia, infinita, em direção ao sul. As montanhas mais próximas tinham a base verde e o cume branquinho de neve, e à medida que se distanciavam de Aisling e se aproximavam do horizonte, tomavam uma coloração azul, até que se mesclavam ao céu. Vulcannus estava a centenas de quilômetros, do outro lado da cordilheira. "Hart deve estar adorando mapear isso tudo", Aisling pensou. Ela deu um último sorriso para o sol, que se punha atrás da planície que se estendia para o oeste, tingindo o céu de laranja. Estava tranquila até demais. Dharon já estava impaciente quando ela finalmente parou de admirar a paisagem com cara de boba, e desceu a rampa até o cais.

Tudo corria bem, até que ela colocou seus pés, pela primeira vez, no solo de Hynneldor. Ao fazer isso, Aisling sentiu um arrepio subir por seus calcanhares, passar pelas pernas, pelas costas e chegar até o pescoço. Seu coração deixou de bater por um segundo e ela sentiu uma repentina fraqueza que a fez cair com as mãos e joelhos no chão de areia branca. Sua cabeça rodava e seu coração disparou.

– Aisling, tudo bem? – perguntou Dharon, em um sussurro gritado, correndo para junto dela. – Que aconteceu?

Aisling olhou para ele, mas seus olhos custavam a entrar em foco. Sentou-se então no chão, fechou os olhos com força e pôs as mãos na cabeça.

– Tá tudo bem – respondeu –, foi só uma tontura. – E, quando abriu os olhos, lentamente se recuperou. Sua respiração tornou-se profunda e ela pôde ficar em pé.

Enquanto limpava toda a areia de sua roupa e joelhos, parecia que nada tinha acontecido. Até que Aisling olhou para as palmas das mãos, onde a pele tinha sido cruelmente queimada pelo fogo mágico de Kendra. Outrora vermelhas e cheias de bolhas, agora elas estavam completamente curadas.

– Vamos, antes que alguém apareça! – Dharon disse, não percebendo o ocorrido.

Os dois caminharam por entre as casas, guiando os quatro cavalos e atentos a tudo. A estalagem ficava quase na saída para a estrada, e estava iluminada e barulhenta, com muitos soldados conversando enquanto aguardavam o jantar, e muitos moradores servindo bebidas e ajudando na cozinha. Várias pessoas entravam e saíam pela porta dos fundos, atarefadas demais para prestar atenção em que os dois estavam fazendo.

Conforme o combinado, deixaram Romero amarrado frouxamente a uma amendoeira próxima à saída da vila, e amarraram também o cavalo de Kendra. Montaram e saíram estrada afora. Aisling pensava que o perigo tinha ficado para trás. Mal sabia o quanto estava enganada.

– Onde vocês estão indo?! – gritou uma voz forte e autoritária.

Aisling olhou rapidamente por sobre o ombro e avistou, à porta da estalagem, um soldado de Vulcannus alto e forte, que se dirigia a eles. Então ela se virou para frente e, juntamente com Dharon, fez com que Douce passasse de um passo lento a um animado trote.

– Estou falando com vocês! – a voz insistiu. Sem resposta, voltou-se para dentro da estalagem. – Estão roubando os cavalos!

Foi um alvoroço. Kendra foi a primeira a surgir pela porta, seguida por metade dos soldados. Sua expressão era um misto de ira e incredulidade. Levou um segundo para assimilar o que estava acontecendo. Tempo suficiente para Desmond passar correndo por ela, em direção a Romero, gritando:

– Não se preocupe, vou pegá-los!

Todos assistiram perplexos ao percurso do homem até o cavalo, a forma rápida e intuitiva como desamarrou e montou o animal, e seu esforço para alcançar velocidade máxima, até passar voando por Aisling e Dharon, e gritar:

– VENHAM! RÁPIDO!

Dharon e Aisling passaram então de trote a galope. Douce, como era de se esperar, usou de todo seu vigor e jovialidade, e acompanhou a velocidade de Romero. Bainho, que já era um cavalo velho e cansado, para espanto de muitos que assistiam à cena, também acompanhou com habilidade.

Kendra, ao ver que fora enganada desde o início, soltou um grito de ódio. Sua ira explodiu como uma bomba, lançando uma terrível fumaça incandescente para todos os lados, que destruiu e feriu tudo o que tocou. Os soldados que estavam ao seu lado, todos peritos em controle e combate com magias do elemento fogo, rapidamente criaram cada qual um escudo protetor ao seu redor, e saíram ilesos da explosão. Os reles moradores do vilarejo não tiveram a mesma sorte.

A explosão atingiu várias pessoas, deixando queimaduras horrorosas. Gritos e choros eram ouvidos por todos os lados, enquanto homens, mulheres, e até crianças rolavam no chão, perdidos em sofrimento. Línguas de fogo se alastraram pela estalagem semidestruída, e os olhares dos demais moradores vinham de todas as direções. Estavam divididos entre correr para apagar o fogo e ajudar os amigos, ou correr para salvar a própria pele.

Kendra, que não se importava nem um pouco com as consequências de seu ataque de ira, avistou seu cavalo próximo à estrada e correu em sua direção, com a intenção de perseguir os fugitivos. Ficou ainda mais brava ao notar a falta da sela.

– Me tragam um cavalo! – gritou para um grupo de pessoas que assistiam a tudo, horrorizadas. – Agora!

Um homem, que estava em frente a seu estábulo, rapidamente puxou para fora um velho cavalo de roça, que mal aguentaria um bom galope, e gritou para que seu filho trouxesse a sela. Kendra revirou os olhos, desapontada, e desistiu da perseguição.

Os três fugitivos já galopavam à longa distância, subindo a íngreme ladeira da estrada. Logo chegariam ao cume daquele caminho e iniciariam uma descida do outro lado, sumindo do campo visual de quem estivesse em Porto Montagne. Kendra se recuperou do choque e endireitou o corpo. Com um brilho no olhar, pronunciou algumas palavras em voz baixa, fazendo gestos com as mãos.

Ali, um brilho incandescente surgiu. Uma energia sobrenatural em forma de chamas, que lambia suas mãos e a fazia se sentir invencível. Kendra deu um sorriso de prazer. Com um movimento, transformou as chamas em uma esfera de energia concentrada, e lançou-a na direção dos três cavaleiros.

– Continuem correndo! – gritou Desmond e parou abruptamente, virando o cavalo de frente a Porto Montagne. A esfera de fogo vinha em sua direção em alta velocidade, e não havia como fugir ou se esquivar dela.

Com os pensamentos a mil, Desmond tirou os pés do estribo e os apoiou na sela. Em um rápido movimento, pôs-se em pé em cima do cavalo. Seu cabelo se soltou do cordão que o amarrava e se despenteou, seu corpo estava quase tão leve quanto o ar.

Aisling e Dharon sentiram o vento se agitar atrás deles e olharam por sobre o ombro. Seus olhos se encheram de poeira quando uma lufada de vento os atingiu. Desmond estava em pé no lombo do cavalo, perfeitamente equilibrado, os braços cruzados abraçavam o próprio tronco, enquanto a enorme esfera de fogo se aproximava. Ela crescia cada vez mais.

– Desmond! – Aisling gritou, um segundo antes que ele fosse atingido. Mas, quando isso ia acontecer, ele abriu os braços violentamente, o que gerou uma poderosa onda de vento, que saiu de seu corpo e se chocou contra a bola de fogo.

As duas energias se chocaram violentamente. A esfera de fogo, muito mais poderosa, teria facilmente penetrado no escudo de vento de Desmond. Mas ele já sabia disso. Por isso, em vez de enfrentar diretamente, ele lançou uma rajada de vento lateral, não para medir forças contra Kendra, mas apenas para desviar o ataque dela.

Tudo aconteceu num piscar de olhos. Antes mesmo que a bola de fogo atingisse a campina ali perto, espalhando uma espessa nuvem de fumaça, Desmond caiu montado em Romero, fez uma manobra e disparou em direção a Aisling e Dharon.

Os três cavaleiros correram para longe, e logo estavam fora da vista de Kendra. Desmond ultrapassou Aisling e Dharon, para poder guiá-los. Galoparam o mais rápido que podiam através da estrada, escolheram os caminhos por entre suas várias bifurcações, até que se embrenharam pelo meio da floresta, onde tiveram que desmontar para posseguir.

– Certo, agora me diga *para onde* estamos indo! – insistiu Aisling, cansada de fugir sem saber ao certo o destino.

– Estamos indo para um local secreto – respondeu Desmond. – É o único lugar seguro que existe, nestes tempos difíceis: vamos para a base da Resistência de Hynneldor.

– Resistência? Você tá falando dos rebeldes que se recusam a se render a Vulcannus? Que se recusam a acabar de vez com essa guerra sem sentido?

– Exato, são esses mesmos! Os rebeldes que acreditam no amor, na paz, e em uma Hynneldor livre. Não se preocupe, nós não comemos criancinhas – ajuntou ele, com ironia. – Lá vamos poder conversar melhor sobre o problema de Dharon.

■

Enquanto isso, Kendra não esperou a fumaça se dissipar para ver o resultado de sua magia, tampouco foi até o local averiguar. Deu as costas à estrada e voltou-se a seus soldados. A estalagem estava destruída e grande parte dos moradores da cidade corria risco de morrer devido às queimaduras. Mas Kendra não se importou com isso, para ela os habitantes de Hynneldor eram seres inferiores; Kendra se preocuparia mais com seu cavalo do que com eles. Ela estava enraivecida por ter sido enganada com tanta facilidade, e sabia que, antes mesmo que a fumaça se dissipasse, Desmond já teria desaparecido.

– Um homem que controla o poder do fogo, e *também* o poder do ar, hein? – disse, e sua expressão era de desgosto. – Tenho certeza de que ele nos levará diretamente ao esconderijo da Resistência Rebelde...

Kendra olhou ao redor, muitas pessoas choravam. Olhares assustados se voltavam para ela. Não apenas o olhar dos moradores, mas também de seus subordinados. Todos temiam sua cólera. Orgulhosa disso, Kendra deu um largo sorriso e ordenou:

– Tragam o Furioso!

Em poucos minutos, seis cabos surgiram. Cada um segurava uma corrente, que pendiam todas de uma mesma coleira, no pescoço de Adam Boyd. O homem vinha no meio dos seis, e estava enfurecido. Tentava atacar os soldados como podia, mas era impedido pelas correntes, que o puxavam por todos os lados. Ele não se lembrava de seu passado, nem mesmo de seu nome. Era apenas um monstro sem sentimentos e sem identidade, que respondia às ordens de uma única voz.

– Parado. – disse Kendra, e ele obedeceu.

O Furioso olhou nos olhos da pistiro, ficou em pé de frente para ela e, sem dizer uma única palavra, ajoelhou-se. Apenas com o olhar, Kendra ordenou aos cabos que soltassem as correntes. O mais corajoso, ou imprudente, se aproximou com a chave e livrou o Furioso de sua coleira. Adam Boyd ficou parado, os olhos fixos em sua Senhora, aguardando instruções. O Tenente Yorath logo se aproximou de Kendra. Ele trazia algo nas mãos para entregar-lhe.

– Feno – disse ele –, o feno onde o garoto se deitou a viagem inteira.

Kendra sorriu satisfeita e aceitou o punhado de feno. Aproximou-se do Furioso ajoelhado e lhe deu ordens.

– Siga este rastro. Quando encontrar seu alvo, *destrua-o,* e também a todos que estiverem por perto. Feito isso, retorne a mim.

Como um animal, o Furioso farejou o feno. Podia sentir vários cheiros nele, mas o mais forte era de suor. Suor de uma pessoa doente, que passara vários dias deitado ali. Era cheiro de febre, prelúdio da morte.

Farejando em volta, logo o Furioso encontrou um rastro. Misturado a vários outros, ali estava o cheiro de suor que procurava. Ele seguia em direção de uma estrada, e por ali se ia. O Furioso olhou para Kendra em um sinal de afirmação.

– Então, vá! – a coronela deu sua palavra final.

O Furioso deu as costas e saiu correndo, como um animal, seguindo o rastro de Dharon.

Capítulo 11
Viagem a Birendra

Os acontecimentos fizeram Kendra desistir de dormir em Porto Montagne. Em vez disso, ela seguiu de volta a seu camarote no castelo de popa, e aguardou enquanto seus subordinados embarcavam e os tripulantes do navio repunham a água potável a bordo e organizavam tudo para zarpar.

– Mas que pena! – falou o Capitão Trevor Walsh, ao entrar no camarote, de repente. – Ele era um almofadinha do nariz empinado, mas até que era engraçado. Pena que é um traidor miserável!

Kendra ignorou o fato de o capitão ter entrado no quarto sem bater. Estava cansada de brigar com aquele velho sem educação. Apenas suspirou e continuou a olhar pela janela, pensando em qual seria seu próximo passo.

– Eu sei que a senhorita ainda vai dar o troco – continuou o capitão –, se precisar, pode contar com a minha ajuda. – dizendo isso, saiu do camarote.

– Precisar da sua ajuda? – riu-se Kendra, sozinha. – Se eu precisasse, você não teria a opção de recusar.

■

O navio seguiu rumo a Porto Assurance. Todos a bordo pareciam mais calados que na primeira parte da viagem. A morte da Capitã Meredith e a traição de Desmond eram motivos mais que suficientes para enfurecer Kendra, e ninguém queria que o quadro se agravasse.

Por sorte, no momento da explosão de ira da coronela, todos os tripulantes estavam fora da hospedaria. Os que não permaneceram no navio foram instalados no antigo templo da deusa Zyria, um local de menos prestígio, e saíram ilesos. Apesar disso, todos receavam uma nova explosão. Os dias que se seguiram foram de medo e tensão dentro do navio. Nas raras vezes em que Kendra saiu de seu camarote, todos se calaram no convés. Ninguém tinha coragem de encará-la.

– Senhorita Kendra, com licença – disse a Tenente Olwyn, após receber autorização para adentrar o camarote. – O Capitão Trevor mandou avisá-la de que vamos atracar em Porto Assurance dentro de dez minutos.

Seguiram-se alguns minutos de silêncio. Kendra continuou a olhar pela janela, pensativa. Nem sequer se virara para ver a tenente frente a frente. Olwyn não tinha certeza se Kendra a tinha escutado; ela não podia se retirar sem a permissão da coronela, tampouco gostaria de ter que repetir a frase ou apressá-la em uma resposta. Foi um alívio quando Kendra decidiu falar:

– Tem algo que não gosto em seu parceiro de posto, o Tenente Yorath.

Desconcertada, Olwyn aguardou a resposta. Como não veio, viu-se obrigada a perguntar:

– E o que seria, coronela?

– Ele é um *homem*.

Enquanto respondia, Kendra virou-se lentamente, até que o olhar das duas mulheres se encontrou.

– Agora que a Capitã Meredith se foi, precisarei de

alguém para ser o segundo em comando. – prosseguiu Kendra, se aproximando de Olwyn lentamente. – Para isso, terei que promover alguém. Um tenente. E sabe *quem* eu gostaria de promover?

– O Tenente Yorath?

– Não! – respondeu Kendra, em um tom mais alto do que pretendia. – Yorath é um homem. Homens são enganadores, traidores. Eles nunca dizem o que realmente pensam. Eu quero promover você!

– É uma honra, coronela. – Olwyn respondeu como que automaticamente.

– Pode ser. Mas não será tão fácil. Não vou fazer isso do dia para a noite. Infelizmente, Yorath é muito mais competente do que você, e você vai precisar fazer por merecer.

– Entendido.

– Pode se retirar.

■

Porto Assurance era uma cidade grande e populosa. Suas ruas estreitas estavam abarrotadas de gente, animais e mercadorias. Assim como Porto Tarsillya, naquela cidade o porto atraía inúmeros moradores e favorecia o crescimento do comércio. Ali, porém, as pessoas andavam mais devagar, pareciam abatidas. Apesar disso, quando alguém encontrava um conhecido na rua, olhava-o nos olhos e desejava um humilde bom-dia.

Todos aguardavam a chegada do Elo. Comerciantes estavam prontos para comprar e vender, crianças apontavam e mandavam tchauzinho para os marujos. O Capitão Trevor Walsh notou a movimentação no cais e logo percebeu que a chegada de Kendra não havia sido divulgada. Adivinhou que não seria uma boa ideia esperar que ela fosse pessoalmente avisar aos moradores sobre sua presença e que aquilo acabaria lhe trazendo problemas, e decidiu enviar um de seus empregados para fazê-lo.

– Hart, vá avisá-los dos passageiros – disse ele.

Em um barco a remo, Hart saiu do Elo antes dos demais, e se dirigiu à terra firme. Remar sozinho era cansativo e ele não estava contente em ser designado a esta tarefa, porém sentia-se aliviado em sair do raio de alcance de Kendra.

– É pra hoje? – o Tenente Yorath reclamou da demora para desembarcar.

Ao chegar à costa, Hart logo espalhou a notícia por todo o porto. As pessoas que ouviram se dispersaram rapidamente, enquanto transmitiam a mensagem. Todos foram tomados de grande surpresa! Mães mandaram seus filhos entrarem em casa, pais trancaram a porta com cadeados reforçados. Ninguém queria estar no caminho da coronela, quando ela desembarcasse.

Diferente da recepção solene em Porto Montagne, ali o pelotão do exército de Vulcannus encontrou as ruas vazias. Uma única exceção podia ser vista: a carruagem que transportaria Kendra até Birendra, a capital de Hynneldor, e seu condutor. Trevor Walsh suspirou, impaciente. Teria que esperar o pelotão ir embora da cidade para conseguir fazer negócios com os comerciantes locais. Tudo acabaria sendo feito às pressas, e ele não teria muito tempo para barganhar.

A reação dos habitantes daquela cidade não aborreceu Kendra. Pelo contrário, ela sentia orgulho em saber que, apesar de naquele território haver rebeldes que ousavam desafiar a superioridade de Vulcannus, a maioria daquela gente respeitava e temia o poderoso exército que os dominava. De cabeça em pé, ela caminhou lentamente pela rua deserta, acompanhada de sua guarda pessoal, que carregava sua bagagem e se reorganizava em duas filas, para partir.

– Você é o desenhista? – pela primeira vez em toda a viagem, Kendra dirigiu a palavra a um dos homens de Trevor.

– Bem... pode-se dizer que sim... eu faço mapas. – Hart respondeu, desconcertado.

– Ótimo! – Kendra deu um olhar significativo para a Tenente Olwyn, e então se dirigiu ao capitão do navio. – Quanto você quer pelo moleque?

Era raro que alguém conseguisse causar espanto no capitão Trevor Walsh, uma tarefa difícil. Mas, mesmo sem tentar, Kendra o conseguiu. A pergunta fez cair o queixo do velho homem, deixando-o sem reação. Seus olhos assistiram arregalados, enquanto a tenente segurou o rapaz fortemente pela cabeça e o arrastou, aos berros, em direção aonde o pelotão estava, próximo à carruagem que esperava. Então ele se voltou a Kendra e respondeu:

– Ele não está à venda! – e fez menção em correr até ele. – Também não sei pra que a senhorita vai querer esse inútil!

– Eu vou levá-lo comigo, você dizendo seu preço ou não – Kendra fez pouco caso da situação. Tudo o que ela queria era ir embora, mas sabia que as habilidades daquele desenhista lhe seriam muito úteis. – Agora diga-me, vai querer uma compensação?

O velho respirou fundo. Estava muito sério e desgostoso. Não queria vender Hart como se fosse um escravo, mas sabia que não tinha como contrariar a coronela.

– Ele não está a venda – repetiu com firmeza –, mas pode levar. Mas me promete uma coisa: assim que terminar de usar ele, sabe Caddock pra quê, vai libertá-lo!

Kendra ergueu uma sobrancelha. Estava acostumada a comprar escravos de vez em quando, e aquela era uma cena incomum. Geralmente, quando se falava em dinheiro, ninguém se importava em vender um ou outro empregado. Não respondeu ao capitão, apenas deu um sorriso zombeteiro. Então deu as costas e caminhou até onde seu pelotão se organizava. Ali, ordenou a Olwyn que colocasse Hart para dentro da carruagem.

– Esse moleque não aguenta viajar no nosso ritmo – disse,

entrando na carruagem também.

O velho continuou ali, impotente, enquanto observou a carruagem se afastar depressa, levando Kendra e Hart, seguida pelo resto do pelotão. Quando inúmeras casas lhe impediram o contato visual, enxugou uma lágrima que teimava em escorrer em seu rosto enrugado, suspirou e ergueu a cabeça. "Meu neto vai aprender a virar gente, na marra!", pensou, antes de voltar aos negócios.

A passagem por Porto Assurance foi rápida e indiferente, não havia nada para se ver. Kendra logo seguiu para o oeste. Seu belo cavalo estava sem sela, e nenhum soldado se atreveu a montá-lo: todos seguiam a carruagem a pé.

Além de Porto Assurance, uma planície ondulada se esticava até onde a vista alcançava, preenchendo o ambiente com seu tom marrom-acinzentado; as Grande Montanhas não podiam ser vistas dali. Todo o território era dividido em pequenas propriedades rurais, onde as famílias criavam galinhas que eram magras de dar pena. Em um passado distante, aquela região tinha sido famosa por suas belas hortaliças, mas aquilo fora há muito tempo. Agora as galinhas viviam do pouco alimento que conseguissem encontrar no chão, e as pessoas viviam das galinhas.

Algumas pessoas julgavam que aquela paisagem rural era triste, outros achavam que a condição das pessoas que ali moravam era perturbadora. Mas não Kendra. Para ela, era tudo tedioso. Ela não se importava com gente imunda como aquela e não queria estar ali, mas, já que estava, queria chegar logo a Birendra e realizar suas tarefas de uma vez por todas.

– Aqui está – disse Kendra, entregando um pacote para Hart. Conformado com a situação, ele recebeu em suas mãos e abriu: dentro havia um pedaço de pergaminho e giz-carvão –, quero que você desenhe aqueles três que fugiram.

– *Desenhar?!* – disse ele com a voz trêmula. – Mas eu não sou desenhista... Eu sou cartógrafo, faço mapas.

– Não discuta, desenhe!

Pobre Hart, ele não era desenhista. Era apaixonado por cartografia, e sonhava em um dia fazer um mapa que contivesse toda Myríade! Mas nunca tinha desenhado uma única pessoa, sequer. Apesar disso, ele sabia muito bem que não seria sensato negar uma ordem de Kendra, então apoiou o pergaminho no banco e começou a desenhar como podia, ao balanço da carruagem.

As primeiras tentativas foram frustradas, mas Hart tinha o pulso firme. Seus anos de prática de cartografia em alto-mar lhe foram úteis naquele momento, pois logo ele estava fazendo desenhos melhores do que homens de armas, como Kendra, jamais fariam.

Quatro dias se passaram desde o desembarque em Porto Assurance até o momento em que a caravana avistou, ao longe, o castelo de Birendra, localizado no alto de uma colina, e as inúmeras casinhas que formavam a cidade ao redor.

Havia menos de cem anos que a sede do governo de Hynneldor havia mudado para Birendra, isso acontecera logo após o reino ser quase que completamente dominado por Vulcannus. Na ocasião, o rei Rolan, o sábio, se viu obrigado a se render e aceitar as condições que o imperador de Vulcannus impusera.

Uma das condições era que fosse construída uma nova morada para o regente, em outra cidade que não a antiga capital, Amitié. Os soldados de Vulcannus a consideravam agourenta, e evitavam se aproximar. Birendra era uma cidade agrícola até então. Com a mudança, foi rebatizada, e seu antigo nome caiu no esquecimento.

Chegando à cidade, a caravana seguiu por uma alameda de pedra assentada, com arvorezinhas dos dois lados. No trajeto até a entrada do castelo, vários soldados de Hynneldor se dispunham em pé ao lado do caminho. Trajavam armaduras de material e acabamento simples, mas que haviam sido polidas até brilhar, e seguravam o elmo em uma mão e a lança na outra, demonstrando respeito pelos recém-chegados.

A carruagem parou e a porta se abriu; Kendra finalmente chegava a seu destino final. Apesar de ter viajado por quase um mês, ela não parecia cansada. Pelo contrário, quando saiu da carruagem, trajando uma capa de tecido nobre por cima do uniforme do exército, sua aparência estava ótima. Foi recebida por um soldado.

– Coronela Kendra Carnell, seja bem vinda a Birendra. A rainha regente a receberá imediatamente.

O castelo era pequeno por fora, mas suas salas interiores eram largas e tinham o teto bem alto. Estavam preenchidas com móveis simples, mas limpos e de bom gosto. Janelas estavam abertas por todos os lados, o que criava um ambiente bem arejado e confortável.

O soldado guiou Kendra até uma antessala onde o teto era mais baixo, mas as paredes possuíam grandes janelas, com finas cortinas que tremulavam ao sabor do vento que entrava. Sentada a uma longa mesa disposta no centro do recinto, a rainha aguardava.

– Seja bem vinda, Kendra Carnell, Coronela do Exército de Vulcannus! A que devo a honra de sua ilustre presença? – cumprimentou a rainha, levantando-se.

– Poupe-me da bajulação, rainha regente Odette Fitzroy. Você sabe por que vim.

Kendra e Odette se sentaram à mesa. Apesar das palavras duras, Kendra estava serena, ao contrário da rainha, cujas mãos suavam.

– Estes rebeldes do seu reino continuam causando problemas, hum?

– Eles têm nos causado certos problemas, mas...

– Três deles tiveram a audácia de se infiltrar na minha própria caravana!

– Já estamos contornando a situação...

– Recebi o mais recente relatório desta área, e garanto que vocês não estão contornando. – Kendra não permitia que a rainha concluísse uma frase sequer. – Há anos buscamos dissolver essa força rebelde, e até hoje vocês não descobriram sequer onde fica a base das operações!

– Estamos chegando à conclusão de que eles agem sem uma base...

– A quantas andam as investigações na região da cordilheira? – Kendra parecia estar começando a perder a paciência.

– Estão encerradas. Percorremos toda aquela região e nada foi encontrado. Agora estamos focando as investigações na região do...

– ERRADO! – gritou Kendra, se levantando e espalmando as mãos na mesa. Porém, antes que pudesse seguir com a gritaria, a porta se abriu e um homem entrou.

– Vejo que já teve o prazer de conhecer minha rainha, *coronela*. – Kendra se virou e prontamente reconheceu o homem que se referia a ela em tom de superioridade: General Charles.

General Charles já tinha seus cinquenta e poucos anos, mas estava em ótima forma. As cicatrizes de batalha em seu rosto já se confundiam com as marcas de expressão, mas seu corpo ainda era musculoso e imponente. Usava uma armadura brilhante com uma capa verde, e levava o elmo na mão direita. Ele caminhou pela sala e se posicionou entre Kendra e a rainha.

– Agora a senhorita precisa aprender a ter certos modos, frente à realeza. Comece tomando uma distância de três metros e se dirigindo à rainha como "vossa majestade".

Kendra não ficou nem um pouco feliz em receber ordens. Um hynneldense imundo, controlador dos poderes do vento, general de país em decadência, e, ainda por cima, homem. Mas, apesar de todos os defeitos, Charles tinha uma vantagem sobre ela: a partir daquele momento, era seu superior.

– Como quiser, *general*.

Apesar de não ser uma resposta adequada, o general ficou muito satisfeito. Ter uma pistiro como subalterna chegava a ser cômico. E, apesar da expressão serena da mulher, ele sabia muito bem que, por dentro, ela estava uma fera!

– A partir de agora, coronela, tudo o que a senhorita quiser dizer à rainha, deverá se dirigir a mim primeiro.

– Sim, senhor. – ela respondeu, descontente.

Apesar de tudo, o que Kendra mais queria era encontrar a Resistência, de uma vez por todas, para poder retornar a Vulcannus. Por isso, foi logo ao que interessava.

– General, tenho motivos para acreditar que sua busca pela base da resistência rebelde é inútil, seja lá onde estiver procurando. – ela disse, desejando ardentemente não ser ridicularizada pelo general. – Sugiro que cancele as buscas imediatamente, e redirecione as investigações para a região das Grandes Montanhas.

– E por que a senhorita acha isso? – o general sorriu com o canto da boca, fazendo pouco caso.

– Os motivos são simples. Em primeiro lugar, aquela é a área de Hynneldor mais próxima a Vulcannus, o que a torna um ponto estratégico. – respondeu a coronela. – Além disso, por ser frio e úmido, aquele lugar não é propício para magias de fogo, e isso diminuiria as chances de vitória em um ataque baseado em soldados de Vulcannus. – então Kendra se sentou novamente, pôs as mãos sobre a mesa e deu um sorriso, demonstrando uma falsa humildade. – Tenho certeza de que estão lá.

– Hum... – o general refletiu por um instante. – Talvez você esteja certa. Vou enviar minhas tropas.

Kendra esboçou um sorriso, mas o general fez questão de acabar logo com ele:

– Eu vou investigar isso. Você, coronela, fique no castelo. Você não está em *condições* de participar de uma missão dessas, se é que me *entende*.

Kendra não estava disposta a prolongar a conversa e fazer com que o general explicasse a que condições se referia. Caso ele desconfiasse de que ela estava grávida, era melhor que o assunto morresse ali mesmo.

– E mais uma coisa... – ela falou, mudando o rumo da conversa. Então gritou na direção da porta por onde entrara. – Tenente Olwyn! Traga o desenhista!

Olwyn entrou na antessala empurrando Hart e posicionou-se ao lado da coronela. Ainda com os olhos fixos no general, Kendra arrancou das mãos do rapaz os pergaminhos que ele estava carregando, onde havia feito os desenhos definitivos de Aisling, Dharon e Desmond.

– General, tenho um pedido a fazer. – ela disse, lhe entregando os desenhos. – Estes três causaram sérios problemas durante a minha viagem. Caso sejam encontrados junto aos rebeldes, e eles *serão*, quero que sejam trazidos até mim.

– Acredito que haja algum tipo de recompensa para meus soldados? – o general sorriu com o canto da boca novamente.

– Recompensa não é problema, desde que eles me sejam entregues ainda vivos.

Capítulo 12

A Fortaleza

Aisling estava dolorida por causa da longa viagem. Ora iam a cavalo, ora iam a pé, ela e Dharon seguiam Desmond há dias, dormindo pouco e desconfortavelmente, e parando poucas vezes para descansar durante o dia. A comida também era escassa. Por sorte, Desmond conhecia bem a região e podia indicar quais plantas eram comestíveis, e a dieta daqueles dias foi completamente baseada nisso.

A cada minuto eles se embrenhavam mais na cadeia de montanhas que se estendia à frente, avançando lentamente por entre vales cada vez mais úmidos e profundos. O céu era cinza muito claro, e não se podia dizer com exatidão que horas eram, pois não se via o sol. Picos nevados se erguiam ao redor e a temperatura caía à medida que prosseguiam. Estavam adentrando a borda da cordilheira que separava Hynneldor de Vulcannus. Kendra acertara em que região a resistência se localizava, em cheio!

Desmond ia à frente, guiando a caravana por entre pinheiros esparsos e gramíneas da região de tundra. Dharon vinha em seguida, e Aisling por último, todos montados em seus respectivos cavalos. Cada um estava envolto em uma capa de tecido grosso, a cabeça coberta por um capuz; mesmo assim, o vento lhes cortava o rosto e soprava por entre os vãos de suas roupas. Aisling, acostumada com o calor da planície central de Vulcannus, tremia até a alma. Ela não conseguia pensar em mais nada além do frio que sentia.

— Numa ocasião comum, eu criaria uma redoma de vento em torno de nós três — informou Desmond. — Mas esgotei minha magia para enfrentar Kendra, desculpem. Preciso de descanso.

— Tudo bem — foi a única coisa que Aisling se dispôs a dizer. Sua voz estava trêmula.

De repente, Dharon perdeu as forças e despencou do cavalo.

Bainho parou no mesmo instante, e parou também Douce, que o seguia bem de perto. Aisling pulou da sela, caiu em pé e se precipitou para cima de Dharon. Ele estava de cara no chão e coberto de neve, o capuz caído para trás deixava à mostra o cabelo colado na testa, molhado de suor.

Ele fervia em febre, e logo a neve de sua roupa se transformou em água e ele ficou encharcado. Sentada na neve a seu lado, Aisling o chamava pelo nome e puxava pelo braço, mas ele respondia apenas com um resmungo arrastado. Ela conseguiu distinguir algumas poucas palavras, que diziam "tudo bem" e "pode deixar". Aisling estava tão preocupada, que esqueceu completamente do frio.

— Não podemos parar agora, estamos quase lá! — disse Desmond, se aproximando. — Vamos, Dharon, vocês vão encontrar ajuda lá dentro!

Desmond segurou Dharon pelo ombro e o puxou para cima. Não era fácil, pois Dharon era musculoso e muito pesado. Aisling ajudou, mas continuava difícil.

— Venha, vamos colocá-lo no meu cavalo.

Lentamente, levaram Dharon até Romero. Duas valas iam se formando no chão, nos lugares onde os pés dele se arrastaram no penoso percurso. Dharon tremia freneticamente, e o coração de Aisling se apertou todo em vê-lo naquelas condições.

— Aguente firme, Dharon...

Com um impulso no chão, Desmond o jogou por cima do

cavalo. Ele ficou com a cabeça e os braços para um lado, e as pernas para o outro. Em seguida, Desmond montou, e assim cavalgaria muito lentamente, equilibrando Dharon pelo caminho.

– Eu sei que você consegue, amigo. – Aisling ouviu o que Desmond disse, e pensou que ele falava com Dharon, mas, na realidade, aquelas palavras eram para Romero.

Eles seguiram viagem, contornando o sopé de uma montanha. Enquanto passavam por ela, ouviram um longo e agudo assovio. Aisling se sobressaltou com o susto, mas Desmond continuou tranquilo. Pôs dois dedos na boca e soltou um assovio em resposta, tão alto e claro quanto o primeiro. Quando finalmente terminaram de contornar a montanha, se viram em frente a uma área um pouco mais plana, quando comparada às montanhas ao redor. Na verdade, era uma colina larga e alta, cujo topo estava coberto por uma mancha escura.

Aisling apertou os olhos para ver melhor. Quanto mais se aproximaram, melhor ela podia identificar o que era a mancha no topo da colina: uma grande e antiga fortaleza construída com enormes blocos de pedra caprichosamente empilhados. Ela sentiu seu coração se aquecer. Finalmente, estavam chegando ao lugar onde conseguiriam ajuda para o problema de Dharon. Justo quando ele mais precisava, conseguiriam a cura!

Cinco torres se erguiam, baixas e grossas, rentes à grande muralha que circundava a fortaleza. Esta, por sua vez, era contornada a norte, leste e sul por um fosso de água congelada. Entre a grande fortaleza e a muralha, inúmeras casinhas se espremiam. Dava a impressão de que a população crescera com o tempo, mas ninguém queria ficar para o lado de fora. Em algumas, podia se ver a fraca luz de lamparinas do lado de dentro; de lareiras lá do fundo saíam grossas linhas de fumaça.

Fora da muralha haviam largos espaços cercados, onde ovelhas e cabras pastavam tranquilamente. E atrás de tudo, onde a visão de Aisling quase não alcançava, havia uma plantação de incríveis flores brancas, muito brancas, mais brancas que a própria neve. Mas eles não chegariam até elas naquele momento. Desmond os guiou até o início de uma estrada de pedra, que quase não se reconhecia, naquele ambiente nevado. Seguiram por ela em direção à entrada da muralha.

Um segundo assovio soou enquanto prosseguiam. Novamente, Desmond respondeu com outro assovio, e tudo se calou. Foi aí que Aisling percebeu que eles já estavam sendo vigiados há um bom tempo.

A muralha da fortaleza se ergueu diante deles à medida que se aproximaram. Não podiam mais ver as casinhas lá dentro, mas viam guardas nos postos de observação das torres mais próximas. Todos trajavam armaduras por baixo de pesados mantos de couro de cabra, carregavam espadas presas à cintura e estavam alerta à presença dos recém-chegados. As vestimentas dos guardas não eram padronizadas, como eram os uniformes dos exércitos regulares de Vulcannus e Hynneldor, mas se adequavam aos propósitos de esquentar e proteger.

Eles tinham quase alcançado o grande portão de madeira maciça que dava acesso ao interior da muralha, quando ele se abriu, revelando uma pequena câmara e um segundo portão interno. Este era feito de um conjunto de barras de ferro em posição vertical, sobreposto a outro conjunto em posição horizontal, formando, assim, um quadriculado de ferro pelo qual se podia ver o outro lado através das partes vazadas.

Quando entraram na câmara dentro da muralha, o portão externo se fechou às suas costas e eles ficaram presos ali. Por um momento, Aisling teve a sensação de enclausuramento e se sentiu sufocada. Era como se o ar não pudesse entrar ali, como se ela estivesse presa para sempre, sem volta. Mas ela enfrentou o medo de frente. Se era pelo bem de seu amigo, ela venceria seus medos.

– Desmond, senhor! – chamou um guarda que estava do outro lado do portão vazado.

– Eles estão comigo, deixe-nos entrar *imediatamente* – disse Desmond em resposta, evitando perda de tempo. Lentamente, o portão interno foi erguido e eles puderam adentrar as muralhas. – Este aqui precisa de cuidados médicos, rápido! – Desmond disse, tirando Dharon de cima de Romero, com cuidado, e o entregando para o guarda.

– Senhor – o guarda prosseguiu –, tenho ordens para escoltá-los à Sala do Conselho.

– Ótimo! Eu preciso mesmo falar com Marian. Leve este rapaz para o curandeiro, que a menina e eu seguiremos para a Sala do Conselho.

– Senhor... minhas ordens são de levar *os três!*

– Ah, droga... Certo. Então peça a alguém para tratar dos nossos cavalos. – dizendo isso, Desmond desmontou, e Aisling fez o mesmo. Logo um rapaz surgiu para buscar Romero, Douce e Bainho.

Desmond seguiu caminhando por uma viela sinuosa através da cidade, Aisling em seus calcanhares, guardas os escoltando. Dois deles carregavam Dharon. As casas ali eram pequenas, feitas de toras de pinheiro e tábuas. Várias janelas estavam abertas, e por elas as pessoas espiavam os recém-chegados. Assim, Aisling pôde ver que por dentro as casas eram todas iguais. Retangulares e compostas por um único ambiente, uma das paredes era inteira tomada por uma estante onde os moradores guardavam seus pertences pessoais, como casacos e cobertores. Todo o resto do quarto era preenchido por beliches, de três a cinco, dependendo do tamanho da casa.

As casas eram posicionadas de forma irregular, fazendo com que a rua se alargasse e estreitasse à medida que caminhavam. Várias ruelas secundárias cruzavam a principal, igualmente irregulares. Apesar da aparente bagunça de ruas, Aisling percebeu que os acessos à muralha eram largos e desimpedidos, e que todo o local era limpo.

– Aisling, a Marian é a única pessoa que pode ajudar você a salvar a vida de Dharon – Desmond disse de repente. – Ela é incrível! É conhecida como Flagelo dos Furiosos. Temos orgulho em tê-la como nossa líder!

Aisling ficou um pouco triste ao lembrar dos Furiosos e do que acontecera com seu amigo Adam Boyd. Mas Desmond estava falando de Marian com tanta admiração, com tanta paixão, que o desânimo logo se esvaiu.

Ainda caminhando pela cidade, passaram por algumas construções que não serviam para dormir, mas para comer. Eram grandes salas com teto alto e porta grande. Lá dentro, longas mesas e bancos, lugar para trezentas pessoas. Eram grandes, porém simples. Ao centro, uma grande lareira crepitava para afastar o frio e, a um canto, uma porta levava à cozinha, onde a comida era preparada num grande fogão à lenha.

Confortáveis lá dentro, pessoas comiam e conversavam animadas. Estavam terminando um dia normal de trabalho, se aprontando para ir dormir. Amigos contavam causos e riam juntos, tomavam bebidas quentes, se amontoavam perto da lareira e entoavam canções. Por algum motivo, Aisling se sentiu em casa. Sentiu-se acolhida naquele lugar estranho. A sensação durou até que alguém passou e fechou a porta. A menina voltou a sua realidade de frio, fome e preocupação. Por quanto tempo mais Dharon aguentaria?

Passaram por mais diversas casinhas, refeitórios, banheiros, praças, tudo muito apertadinho, pareciam se encolher para caber dentro da muralha. Pessoas andavam de um lado para outro, uma senhora levava uma menina pela mão, um casal passou abraçado, alguns meninos brincavam de deslizar no gelo. Pessoas se acotovelavam pelas ruas, mas abriam caminho ao ver o grupo de guardas. Não pareciam ter medo, mas demonstravam respeito e admiração. Um dos guardas fez um aceno para uma mulher que passava, conhecida sua.

– Chegamos! – Aisling estava tão distraída que, se Desmond não tivesse anunciado, ela talvez tropeçasse no degrau ao entrar na fortaleza.

Todos eles entraram na grande construção de pedra. Ali, o movimento cessou. Tudo era cinza, sem tapetes, sem decoração. Era um lugar largo e espaçoso, quase sem móveis. Com exceção de alguns guardas que caminhavam por ali, não havia ninguém. Nenhum civil.

Desmond não precisou ser guiado pelos guardas que os escoltavam, ele sabia muito bem aonde iam. Continuou em frente, seguido por todos os demais, em direção a uma porta dupla do outro lado do grande salão de entrada. Ao se aproximar, bateu três vezes. Lá dentro, alguém mandou que entrasse, e ele mesmo abriu a porta e entrou. Ali uma grande e pesada mesa estava disposta de frente para a porta, com várias cadeiras posicionadas do outro lado, onde pessoas estavam sentadas. A maioria era composta por anciãos, mas, bem ao centro, uma jovem mulher, no auge de seus trinta e poucos anos, se destacava em uma alta cadeira, em lugar de prestígio.

– Boa noite a todos – Desmond falou em alto e bom tom ao entrar, e todos moveram a cabeça em um breve cumprimento –, boa noite, Marian.

– Seja bem vindo de volta, Desmond. – Marian disse em tom solene. – De volta ao lugar que lhe é de direito.

Desmond fez um gesto descontraído e se dirigiu a uma única cadeira vazia à mesa. Ali se sentou, em meio aos anciãos. Era o seu lugar. Os guardas sentaram Dharon em uma das várias cadeiras que estavam dispostas longe da mesa, mas de frente para ela, e indicaram a Aisling para também se sentar. Antes, porém, que ela atravessasse a porta, algo passou pelas suas pernas, algo pequeno e peludo, que a fez ter um sobressalto.

Era um belo animal, que Aisling nunca tinha visto igual.

Quase todo seu corpo era vermelho, com as pernas pretas e o rabo peludo e listrado de vermelho e preto. O rosto tinha detalhes em branco no focinho, nas orelhas e nas sobrancelhas, o que lhe dava uma aparência fofa. Enquanto andava, batia na altura dos joelhos de Aisling e exibia um gingado engraçado. Ele caminhou tranquilamente até a grande mesa, escalou uma das pernas do móvel e se sentou em frente a Marian, que lhe lançou um sorriso. Ninguém mais parecia se interessar por ele.

Assim que Aisling sentou e os guardas se retiraram, naquela sala teve início uma de muitas reuniões entre os membros do Conselho, sentados à mesa, e aqueles que se interessassem em assistir, como Aisling e Dharon, sentados mais ao longe.

– Desmond, vejo que nos trouxe *hóspedes*. – disse Marian, com ar de superioridade e tom de desgosto. Seus fios de cabelo castanho estavam presos com uma faixa e lhe caíam abaixo dos ombros, sua pele bronzeada deixava claro que ela tinha costume de viajar por terras ensolaradas. – Pode explicar o que houve, ou por acaso eles fazem parte de sua missão?

– Eles têm informações sobre Ricochete – Desmond respondeu.

– Sobre *Ricochete?* – ela repetiu. – Isso é ótimo! Quando o viram pela última vez?

Desmond, Marian, os anciãos, o animal vermelho, enfim, todos se viraram para encarar Aisling e Dharon. Desmond fez uma expressão de incentivo, para que Aisling falasse.

– Faz mais ou menos cinco anos... – Aisling respondeu baixinho, em contraste com o tom alto de Desmond e Marian, que ecoava por toda a sala. – Ele estava fugindo de Kendra.

– *Cinco* anos? – Marian repetiu. Ninguém na sala parecia se importar, mas Aisling se sentia incomodada com a mania que Marian tinha de repetir as palavras dos outros. – Faz muito tempo! Essa informação não nos serve para nada!

– Marian – uma voz velha e masculina surgiu de um canto da mesa, e todos se viraram para ouvir –, pelo menos sabemos que Ricochete chegou a Vulcannus e buscou não ser capturado.

– Certo, Seu Baldwin. – Marian concordou, com respeito. – Mas isso não quer dizer que tenha descoberto algo importante, ou que não tenha nos traído depois de ser capturado. Você soube de mais alguma coisa? – ela se dirigiu a Aisling.

– Faz tanto tempo... – Aisling respondeu, confusa.

– Ótimo. Não sabe de mais nada. Você trouxe esses dois até aqui só pra isso? – Marian perguntou a Desmond. – Sabe que não podemos receber mais pessoas, e os traz. O que vamos fazer agora, não podemos simplesmente mandá-los de volta, ela sabe nossa localização!

Todos aguardaram enquanto Desmond limpava a garganta. Ele sabia que seria difícil, e se preparou para começar a falar. O animalzinho vermelho parecia despreocupado e se deitou na mesa, como se fosse um cão, a cabeça sobre as patas.

– Marian, membros do Conselho, temos um grande problema. Este rapaz está ferido, e só nós podemos ajudá-lo. Eu o trouxe de Vulcannus até aqui, para lhes implorar por ajuda.

– Por que se deu o trabalho? – Marian o interrompeu. – Deixasse que morresse! Ele é só um moleque do reino inimigo. É forte. No futuro, pode vir a se tornar um Furioso e nos causar problemas em nossa terra, ou, mesmo que não chegue a tanto, com certeza vai trabalhar em uma lavoura de Vulcannus, e ajudar a sustentar o exército. Deixasse que morresse!

Para espanto de Aisling, todos na mesa pareciam concordar. Estrategicamente falando, seria o certo a fazer. Marian olhou, satisfeita, para todos, erguendo a sobrancelha e concordando com a cabeça. Ela demonstrava respeito a todos, exceto a Desmond. Ele esperou que o murmurinho se acalmasse, e recomeçou a falar:

– Eu não poderia deixá-lo à própria sorte. Quando eu estava

em Vulcannus, ele... ele salvou minha vida!

Mentira. Aisling olhou, confusa, tentando pensar em um momento em que isso tivesse mesmo acontecido, mas não se lembrou de nenhum. "Será que Dharon e Desmond já se conheciam antes?", ela pensou. Pobre menina ingênua. Os membros do Conselho não notaram sua expressão de dúvida, e murmuravam uns para os outros sobre o que deveria ser feito. Se Desmond devia a vida a Dharon, ele fizera o certo levando-o até ali.

– Certo, então. – a voz de Marian se elevou acima do som das conversas paralelas. – Você não devia tê-lo trazido até aqui, mas, já que o fez, vamos ajudá-lo. Encaminhe o rapaz para nosso melhor curandeiro.

Os guardas estavam a ponto de pegar Dharon de novo e carregá-lo para fora dali, quando Desmond interrompeu.

– Vocês não entenderam direito. A doença deste rapaz não é trivial como imaginam. Ele foi atacado por uma *salamandra*, e está *envenenado!*

Todos os sons cessaram de repente. Os olhares das pessoas estavam arregalados, as cabeças, viradas para Desmond. Até o bichinho vermelho sentiu o clima pesado e levantou a cabeça para encará-lo. Aisling se perguntou quando foi que ela contara a Desmond qual era a doença de Dharon.

– Uma salamandra? – Marian repetiu. – O que uma salamandra estaria fazendo longe do calor ardente de um vulcão? Desmond, eu não sei o que você pretende com tudo isso, mas, se é mesmo verdade, a situação é bem diferente! O veneno de salamandra não tem cura!

Não tem cura? O coração de Aisling se espremeu e ela olhou para Dharon. Os olhos dele estavam levemente abertos, virados para ela em uma expressão de dor. Eles tinham desperdiçado tempo. Não tinha uma pessoa que os pudesse ajudar, não tinha fórmula mágica para fazê-lo se sentir bem. A realidade era cruel e esmagava todas as esperanças.

– Tem cura, sim! – Desmond a contradisse. – Você conhece a história. Precisamos de alguém de sangue puro para abrir o portal na cidade de Amitié. E você é essa pessoa, Marian!

– Desmond, querido – a voz de Marian era doce, mas ela parecia sentir uma ponta de prazer em não poder ajudar –, eu conheço sua história, conversei com sua mãe quando ela ainda era viva. Eu sei a história *maravilhosa* que ela te contou sobre seu pai, mas não se engane. Você era uma criança e ela te tratava como tal, mas agora você já cresceu e precisa encarar a realidade...

Os olhos de Desmond faiscavam em ódio, enquanto ela falava, como se estivesse se dirigindo a uma criancinha. Ele respirou fundo, tentando se acalmar, mas, quando falou, sua voz soou muito mais alta do que pretendia.

– Marian, eu sei a verdade. Eu sei que podemos encontrar a cura, minha mãe encontrou! Nós também podemos!

– Não podemos, Desmond. Não houve cura, não houve veneno. Sua mãe inventou esse conto de fadas porque não suportaria dizer a verdade. Ela nunca se apaixonou por seu pai, ele a tomou *à força!*

Foi a gota d'água. Desmond se levantou da mesa e voou para cima de Marian, a mão direita fechada, pronta para desferir-lhe um murro na cara. Ele sabia que era uma estupidez, mas fez mesmo assim, no calor da discussão. Ela nem sequer levantou. Com a mão esquerda, segurou o braço de Desmond, torceu-o com gosto, de forma que ele viu estrelas, e jogou-o no chão. O animalzinho vermelho se levantou daquele lugar agitado e foi embora. Marian não parecia nem um pouco feliz.

Aisling estava inquieta, era tudo tão terrível! Tinha abandonado sua avó numa luta sem esperança contra um monstro abominável para salvar a vida de seu amigo, mas de nada adiantava.

Era tudo uma grande mentira, não havia cura.

Então a mente de Aisling se iluminou. É claro que não havia cura! Sua avó tinha inventado tudo para que ela concordasse em fugir dali e se salvar! Encontrar Desmond, a única pessoa em toda Myríade que se dispunha a ajudar, tinha sido uma mera coincidência. Agora ela estava ali, perdida, desiludida, longe de casa, mas *viva*. E sua avó? Quem sabe o que podia ter acontecido com ela? Aisling começou a chorar, seus soluços eram tão altos que chamaram a atenção de todos ao redor.

– Querida, não chore... – Marian tentou confortá-la. – Vamos levar seu amigo a nossos curandeiros, e depois providenciaremos seu regresso a sua terra natal.

Aisling chorou ainda mais. Ela sabia que um curandeiro comum nada poderia fazer por Dharon. Ela precisava do antídoto. A cura que sua avó inventara, a cura em que Desmond acreditava.

– Aisling, não ouça o que ela diz... Existe cura! No santuário de Amitié! Acredite em mim! – Desmond repetia, dolorido.

– Está encerrada esta reunião. – Marian disse e todos concordaram. – Desmond não nos trouxe nenhuma informação satisfatória. Apesar disso, vamos fazer o máximo pelo rapaz. Mas não vamos atrás de cura mágica nenhuma! Essa cura não existe, assim como não existe esse veneno. Além disso, *nenhum* ser humano sobrevive a um ataque de uma salamandra de fogo!

Ao ouvir isso, os olhos de Aisling instantaneamente pararam de fabricar lágrimas. Como assim, não existe veneno? Como assim, ninguém sobrevive? Marian estava completamente enganada. Aisling e Dharon sobreviveram, sim, ao ataque daquela salamandra. E, sem dúvida, ele ficou envenenado. Se Desmond estava certo quanto a isso, e ele estava mesmo, também deveria estar certo sobre Marian ser a única que poderia ajudar. Ou ela não queria, ou não sabia que detinha este poder. Aisling abriu a boca para falar, mas, no mesmo momento, um guarda invadiu a Sala do Conselho.

– Marian, temos um problema! Um Furioso! Um Furioso foi encontrado a caminho daqui, a uma velocidade incrível!

Os olhos de Marian se arregalaram.

– Tragam minha lança! Tragam meu cavalo! – ela berrou. – Viu o que você fez? – se dirigiu a Desmond, ainda aos berros. – Você deixou um rastro, ele nos encontrou! Temos que matá-lo, se não ele vai matar a todos nós! Ou então vai voltar e guiar o exército inimigo até aqui! Está ciente da besteira que *fez?!*

Desmond estava pálido, processando a informação. Mas, quando olhou para Marian, que levantava da cadeira gritando ordens para todos, seu rosto se iluminou. É claro que ele confiava nela. Ela era a líder. Marian, Flagelo dos Furiosos. Além disso, agora eles estavam no interior de uma fortaleza, e tudo seria mais fácil. Ou, pelo menos, foi isso que Aisling pensou. A admiração que Desmond sentia por Marian se transferia para ela. Ela tinha certeza de que tudo ficaria bem.

Marian ordenou aos guardas que fizessem todas as pessoas entrarem na fortaleza, mas que tomassem cuidado especialmente com as crianças e com os idosos, pra que ninguém se machucasse na confusão. Convocou todos os guardas. Alguns ajudariam na batalha enquanto outros ficariam alerta, caso o inimigo aproveitasse a oportunidade para atacar por outro lado. Deu um aceno com a cabeça ao senhor Calvin Baldwin, que lideraria o Conselho enquanto ela estivesse ausente, e enfim abandonou seu acento e caminhou em direção à saída, onde seu cavalo já a esperava. Tudo parecia estar sob controle, mas, quando Marian se pôs a caminhar, Aisling ficou preocupada. A líder da resistência andava com dificuldade: ela mancava.

– Marian! Você está machucada! Não pode lutar assim, é muito perigoso! – Aisling gritou, sem pensar muito no que estava fazendo.

Marian lançou a Aisling seu melhor olhar de desafio. Um guarda se adiantou e vestiu-lhe uma armadura simples, e logo ela estava montada em um belo alazão. O mesmo guarda lhe entregou um elmo, que ela vestiu, e uma lança, que empunhou. Habilmente ela deu a volta com o cavalo e se pôs a galopar em direção ao portão de entrada da muralha, pela estrada que agora se encontrava desimpedida.

– Ela fraturou a perna na ocasião em que matou um Furioso pela primeira vez. Desde então, tem dificuldade para andar. – Desmond estava ao lado de Aisling e lhe colocou a mão no ombro, a expressão dura. – Mas isso não a impediu de continuar lutando por aquilo em que acredita.

Capítulo 13

A Lança de Marian

Quando Marian chegou à entrada da muralha, encontrou vários guardas carregando pesadas tábuas, e as pregando no segundo portão, o de barras de ferro. Em cima da muralha, vários outros tentavam ferir o Furioso, utilizando bestas. Enquanto isso, pessoas fugiam para dentro da fortaleza, levando apenas a roupa do corpo. Marian se aproximou do portão, quase inteiro coberto por madeira, e espiou por uma brecha. O portão de fora, de madeira maciça e resistente, já estava quase se partindo. Os golpes do Furioso abalavam sua estrutura e faziam um ruído horrendo.

– Deixem alguns buracos abertos, quero poder fincar minha lança. – Marian instruiu os guardas e foi prontamente atendida.

Quando Desmond chegou, o local já tinha terminado de ser evacuado, e todos os guardas estavam a postos. As casas foram deixadas do jeito que estavam, os refeitórios também. De algum lugar, vinha um cheiro bom de uma refeição abandonada pela metade. O chão tremia a cada investida do Furioso contra a porta. Cinco guardas se postavam em pé ao lado de Marian, de frente para o portão interno, lanças na mão, prontos para estocar.

– Aisling! – Desmond exclamou, espantado. – O que você faz aqui? Mandei ficar na fortaleza!

– Eu *tive* que vir!

– Aisling, volte... – Dharon vinha logo atrás, se apoiando na parede das casas e arrastando uma perna.

– Dharon! Falei pra você esperar lá! – foi a vez de Aisling reclamar.

– Voltem os dois! – Desmond estava desesperado. – Voltem, *agora!*

Ouvia-se o barulho brusco do Furioso se lançando de ombro contra o portão repetidas vezes, seguido do som rasgante de madeira se partindo aos pouquinhos. Assim como o esperado, chegou ao ponto em que a madeira cedeu. A porta veio abaixo, estraçalhada. Adam Boyd, o Furioso, estava coberto de sangue, várias flechas pendiam de seus braços. Desmond torceu para que Aisling e Dharon não vissem aquela cena, mas era tarde demais. Adam estava ali, a um portão de distância. Sua face estava deformada em uma expressão que misturava ódio e dor. Mas ele não ia parar por causa de algumas flechas. Ele não era mais um ser humano normal.

– AGORA! – Marian gritou. Ao mesmo tempo, ela e os demais guardas enfiaram as lanças pelas frestas no portão de ferro. Enfiaram até onde conseguiram e recuaram novamente. Dois deles acertaram Adam em cheio, e ele cambaleou para o lado.

– ADAM! – Aisling e Dharon gritaram juntos. As feridas em Adam eram profundas e expeliam muito sangue.

– Preparem-se! – instruiu Marian. – AGORA!

Mas, no momento em que seis lanças deveriam invadir o espaço entre os dois portões, Marian se surpreendeu ao ver que apenas três guardas tinham obedecido ao seu sinal. Mesmo ferido, a habilidade de Adam era incrível e ele conseguiu se esquivar de todas as lanças que atacaram. Ao recuar, Marian sentiu o sangue ferver ao ver que Dharon tinha golpeado dois dos guardas e se preparava para brigar. Ela ficou louca de raiva.

– Ele não está doente, é tudo mentira! Peguem-no! É uma traição! TRAIÇÃO!

Desmond estava segurando Aisling com toda força. Caso contrário, ela também teria corrido para defender Adam, ou, pelo menos, tentar. Mas ele não conseguiu segurar Dharon. Na verdade, nem tentou, já que o rapaz estava mancando de dor e teoricamente não podia fazer mal a ninguém. Um grande erro. Agora não sabia o que fazer, todos lhe olhavam desconfiados, um guarda se preparava para prendê-lo. Por outro lado, Dharon não se deixou abalar. Podia vir quem fosse, ele continuaria lutando até morrer, pela honra do nome de seu mestre.

– Mestre! – Dharon gritou para Adam. – Mestre, pare! Vá embora!

Mas Adam não ouviu o que Dharon disse e passou a golpear o portão de ferro com muito mais ódio, principalmente depois de ter sido ferido. O centro do portão já estava amassado para dentro, as madeiras ali pregadas se partiram em pedacinhos, as dobradiças rangiam. Marian se afastou e ordenou que todos fizessem o mesmo. Um pouco distante, ela tinha uma visão melhor. E logo, logo, o segundo portão também viria ao chão.

– Mestre! Adam! Sou eu, Dharon! Me ouça!

Dharon se abaixou ao ouvir um zunido passar por seu ouvido. Uma flecha de besta atravessou uma fresta do portão e penetrou fundo na carne de Adam, mas só serviu para provocar sua fúria. Mais flechas seguiram. Dharon não entendia porque seu mestre não se escondia, nem se protegia.

– Dharon! Saia daí! – Aisling gritou. Desmond ainda a segurava com força pra que ela não fosse se meter no meio do campo de batalha. – Venha, por favor!

Com um último olhar para Adam, Dharon se arrastou, peito no chão, até onde Aisling estava. Quando se levantou e olhou para trás, viu o portão se abalar com as batidas de Adam, e a cada três batidas vinha uma nova saraivada de flechas. A maioria atingia a madeira ou o ferro, mas as poucas que acertavam ficavam presas a ele. O sangue escorria, mas ele não se importava. Adam, um homem bonito, louro, forte, estava a cada minuto mais suado e ensanguentado. Tudo isso, somado à sua expressão selvagem, o estava deixando irreconhecível.

– Eu não... entendo. – Dharon disse por fim, sentindo-se impotente. – Por que ele continua?

– Dharon, fizeram alguma coisa com o Adam, não sei o quê. – Aisling o apertou pelos ombros. – Ele virou um monstro, nem se lembra de quem é!

– Preparem-se! – Marian gritou exatamente no momento em que o portão de ferro arrebentou, e o Furioso entrou feito um furacão.

Vários guardas investiram contra ele, com suas armas de metal. Adam foi atingido em diversos lugares, mas continuava sempre em frente, atacando com as mão nuas, mas muito poderosas. Bateu, quebrou, matou. Um verdadeiro massacre.

– No coração. – Marian repetia para si mesma. – É no coração que tem que acertar. – Sua mão suava enquanto ela segurou a lança em posição de ataque.

Adam estava de costas e o caminho estava desimpedido. Ela podia avançar com seu cavalo e golpear o Furioso. Ele estava distraído. "É o momento perfeito, é agora ou nunca!" Marian respirou fundo para tomar coragem. Vários de seus amigos tinham acabado de ser mortos pelas mãos daquele monstro. Vários morreram e ela talvez ela fosse a próxima, se investisse contra ele. "Mas não posso deixar o medo me inundar. Se não tomar uma atitude agora, muitos outros morrerão." Ela tinha sua melhor chance. Marian tomou ar e iniciou o galope. Ninguém lhe impedia a passagem, ela cruzou o campo de batalha, indo diretamente até ele. Está perto, cada vez mais perto. Falta pouco!

– ADAM! – Dharon gritou de repente. Para sua surpresa, ele olhou.

Adam olhou para trás exatamente no momento em que

Marian ia acertá-lo. Ela foi com tudo para cima dele, mas ele, com reflexos muito mais rápidos, segurou a lança com força. Marian se assustou e voou do cavalo, caindo pesadamente no chão. A atenção do Furioso estava inteira nela, agora. Vários guardas se aproximaram em uma tentativa de feri-lo, alguns conseguiram, mas ele logo deu o troco e os jogou para longe. Ele caminhou lentamente até onde Marian estava. Ela se apoiou em uma mão, tentando levantar e analisando se estava muito machucada. Estava de costas e não percebeu que Adam se aproximava...

– Marian! – Desmond gritou, indo se unir aos guardas que lutavam bravamente. Marian se virou e fitou o Furioso. Ela logo se pôs em pé, e seu olhar cruzou com o de Adam. Estava ferida, desarmada e sem seu cavalo. A mente a mil, pensando o que deveria fazer.

O Furioso continuou seguindo em frente, rumo a Marian, alguns homens tentavam interceptar-lhe o caminho. Alguns até deram certo trabalho, vinham com lanças, espadas, escudos, magias de vento, mas a maioria caía com muita facilidade. E também Marian cairia, assim que ele chegasse até ela. Mas finalmente surgiu um adversário à altura. Não que Desmond fosse mais forte ou mais esperto que os demais, mas ele tinha algo diferente, algo que lhe dava poder, algo com que o Furioso não podia lidar.

– Marian, corra! – Desmond gritou, acertando o Furioso com uma espada que tinha pego das mãos de um companheiro ferido.

Adam voltou seu olhar irado para Desmond. Desmond respondeu o olhar lançando-lhe mais um golpe de espada. Desta vez, o Furioso pôs o próprio braço no caminho da lâmina, e ela cravou nele. Enquanto isso, Marian saiu mancando o mais rápido que podia, em direção a um lugar seguro, onde vários guardas se preparavam para atacar.

Desmond olhou espantado enquanto Adam moveu seu braço violentamente, fazendo-o soltar o punho da espada. Em seguida, moveu com mais violência ainda, fazendo a espada deslizar do ferimento que tinha causado, e voar, indo cair bem longe. Chegou sua vez, agora ele daria o troco. Adam lançou a mão direita para trás, pronta para desferir um soco arrasador em Desmond. Desarmado e desprotegido, Desmond pensou rápido enquanto a mão de Adam veio com velocidade extrema, em sua direção.

Todos arregalaram os olhos, forçando Marian a olhar para trás, para ver o que estava acontecendo. Desmond segurava Adam, preso, em uma corrente feita de fogo. As duas mãos do Furioso estavam envoltas, e logo seus pés também ficaram. As correntes se apertaram, ele perdeu o equilíbrio e caiu no chão. Desmond fazia uma força fora do comum. Sua boca se contorcia em uma expressão indecifrável, que deixava todos os dentes à mostra. E à mostra também estavam suas veias, tamanho o esforço.

– Marian! Mate-o! Agora! – ele gritou.

Marian estava no meio do caminho entre a batalha e o aglomerado de guardas. O fato de Desmond usar uma magia de fogo, nojenta e proibida que era, a deixava irada. Mas aquela não era hora de brigar, ela tinha que aproveitar a oportunidade. Olhou em volta, em busca de uma lança nova. Nada. Olhou para trás, para seus companheiros. Eles estavam congelados, sem saber o que fazer. Um deles olhava em volta, como se pensasse o mesmo que ela, mas de nada servia.

Então ela olhou para onde Aisling e Dharon estavam. Eles estavam muito mais perto da batalha do que ela. Dharon estava atordoado com os acontecimentos, mas Aisling estava desperta, atenta a tudo. A seus pés, uma coleção de lanças, que uma vez haviam sido dos guardas do portão. No mesmo minuto, Aisling entendeu tudo. Pegou uma das lanças nas mãos e correu em direção a Marian.

E Marian mancou em direção a ela. Era perfeito! Marian ia pegar a lança das mãos da menina e se precipitar para cima do Furioso, ferindo-o no coração.

Mas, de repente, as forças de Desmond se esvaíram, e o Furioso se libertou, jogando-o para trás. Desmond bateu com a cabeça no punho de uma espada fincada no chão e desmaiou. Adam cobriu o espaço entre ele e as duas em um piscar de olhos. Elas estavam quase se encontrando quando ele surgiu ao lado delas, os olhos ferozes, a boca espumando em ira. A mais próxima era Aisling. Não ia dar tempo de ela entregar a lança. Ele a mataria, e a próxima seria Marian. Era o fim. Tudo o que Aisling conseguiu fazer foi dar um grito desesperado.

E ver a ponta de uma lança surgir no peito esquerdo de Adam Boyd.

Todos observaram, perplexos, enquanto o monstro caiu sobre os joelhos, o sangue do peito se misturando a todo o sangue que lhe cobria o corpo. Aisling deu alguns passos para trás, e logo ele desabou exatamente no lugar onde ela estivera, o cabo da lança fincado em suas costas. E, atrás dele, Dharon, ofegante.

Capítulo 14

Roux

– Dê-lhe algum tempo, era o *mestre* dele!

Desmond conhecia Marian muito bem. Ele entendia seu espírito de justiça e seu imediatismo, mas ela precisava entender que os rapazes de reinos inimigos também têm coração. Depois da batalha, Dharon foi levado a um quarto confortável dentro da fortaleza, perto dos aposentos onde os curandeiros da resistência estavam tratando dos que tinham lutado contra o Furioso e sobrevivido. Desde então, ele ficou trancado lá, Aisling a seu lado.

– Algum tempo? Ele já teve bastante tempo, agora eu quero resolver logo isso! É uma situação muito complicada, se é que me entende. Tudo bem, ele salvou a minha vida e tudo mais, mas lembre que foi ele que atrapalhou meu primeiro ataque!

Marian era orgulhosa e não gostava de deixar assuntos pendentes. Em outros casos, simplesmente convocaria uma reunião dos conselheiros e chegaria a um veredicto; naquele momento, no entanto, ela estava sendo mais paciente do que o normal. Caminhava pelos corredores da enorme fortaleza de pedra, Desmond em seus calcanhares, até que entrou no aposento onde era mantida a biblioteca.

Desmond sabia o que aquilo significava: sempre que tinha

uma decisão difícil a fazer, ela ia àquele lugar, buscar ajuda em determinado livro.

A biblioteca era simples, mas muito bem cuidada e bem arejada, sempre que fazia sol, alguém corria para abrir as janelas e deixar o ar puro entrar. Estantes de livros preenchiam todas as paredes, e algumas poucas mesas estavam dispostas no centro da sala. Além dos dois, o único ser vivente naquela biblioteca era o animal vermelho de Marian, que os seguia.

– Acho que deve ajudá-lo. Além do mais, ele é um guerreiro. Você pode exigir que ele nos ajude depois de curado!

– Exigir que ele fique aqui? Desmond, isso seria escravidão. Jamais! Prefiro vê-lo morrer.

Nem sempre Marian agia de acordo com a lógica de Desmond, mas ela era sempre fiel a seus próprios valores.

– Querido, eu sei que isso é importante para você. Mas você não pode colocar seus desejos pessoais na frente das necessidades da Resistência. Você acha mesmo que isso não vai nos prejudicar? – Marian se sentou em uma cadeira, os olhos corriam de um livro a outro na estante.

Como que adivinhasse o que ela procurava, Desmond estendeu o braço e, da estante mais alta que podia alcançar, puxou delicadamente um livrinho azul de capa reforçada, entitulado "A Rainha da Primavera", e o colocou em cima da mesa. Marian sorriu e folheou o livro, sem procurar algo em específico.

– A Rainha da Primavera... O que será que ela faria? – Desmond disse em voz alta exatamente o que Marian estivera pensando nos últimos minutos.

Ela suspirou, como se concordasse com ele, e continuou folheando tranquilamente, mesmo quando o animalzinho vermelho subiu na mesa de repente. Ela sabia muito bem que não encontraria a resposta àquela pergunta no livro.

– Você acha mesmo que ela existiu? – Desmond perguntou

por fim. – Muita gente diz que é só uma lenda... que alguém inventou toda a história para entreter as pessoas.

– Desmond, não fale bobagens... É claro que ela existiu! – Marian se virou para ele, endireitando o corpo. Seus olhos o fixaram, muito vívidos.

– Tem certeza disso? Porque muita gente diz que é pura fantasia.

– Que digam o que quiserem, são todos ignorantes! É claro que ela existiu. Mesmo que alguns não acreditem e digam que é tudo mentira... Eu sei que ela existiu. Eu sinto isso!

Desmond se sentou a seu lado, seus olhos estavam fixos nos dela. Eles ficaram se encarando sem dizer uma única palavra, mas logo os ombros de Marian caíram, quando ela entendeu o que ele queria lhe dizer. Ela sabia que a história de sua antepassada, conhecida como Rainha da Primavera, era verdadeira, assim como Desmond sabia que era tudo verdade, que sua mãe tinha se apaixonado por um guerreiro de Vulcannus, e que fora correspondida. Que ele, Desmond, tinha nascido de um ato de amor. Sabia, do fundo do coração, que seu pai tinha sido envenenado por uma salamandra, e que sua mãe encontrara a cura. Ele não precisava que alguém concordasse com ele, ele simplesmente acreditava, porque acreditava, oras!

– Não me olha com essa cara... – ela disse por fim, se virando para o livro aberto em cima da mesa.

– Você sabe que eu estou certo. A cura existe, e nós podemos encontrar. Mas precisamos de você.

– Mas ele é inimigo! Ele pode se voltar contra nós, pode entregar nossa localização! – Marian apoiou os cotovelos na mesa enquanto falava. – Mas ele me ajudou. Quero dizer, ele fez pela amiga dele, mas eu também devo minha vida... O que eu faço? – a pergunta não era para Desmond, mas para o livro que ela ainda folheava.

– Marian, essa resposta você não vai encontrar em nenhum

livro. Vai ter que julgar, você mesma. Por favor, pense bem. A vida dele depende da sua decisão. – dizendo isso, Desmond saiu da biblioteca.

Marian continuava indecisa quanto ao que fazer, mas uma coisa ela sabia: não devia zombar do quc as pessoas acreditavam. Nunca.

– Roux... O que eu faço? – ela se perguntou, abraçando o bichinho vermelho, e acariciando seu pelo.

■

Mais tarde, estavam todos de volta à Sala do Conselho. Depois de uma longa conversa, de cada um expor sua opinião e chegarem a uma decisão, Marian estava pronta para anunciá-la e encerrar o encontro, quando se distraiu ao ver Roux caminhar com agilidade por sobre a mesa, sem encostar em ninguém, nem derrubar um único pergaminho que ali estava. Ela não sabia dizer se estava feliz ou triste com o resultado da reunião. Não foi consenso geral dos conselheiros. Se tivesse dado sua opinião, Marian poderia mudar o resultado, dando seu voto de Minerva. Mas ela preferiu não interferir, e se manteve neutra.

– Está encerrada esta reunião. – Marian disse e todos concordam. – A busca da cura para a doença de um filho do reino inimigo não é do interesse da Resistência. Mas, devido aos fatos presenciados, vamos providenciar transporte e mantimentos para que possam prosseguir viagem, ou voltar para casa, se desejarem.

– Não posso voltar para casa... – Aisling disse, triste. – Enfrentei minha coronela, pior que isso, roubei ela. Traí meu país, saí de lá fugida. Nem sei mais se minha cidade natal ainda existe... Preciso encontrar minha avó. Mas, antes disso, preciso encontrar a cura para o veneno em Dharon. Não sei se posso fazer isso sem ajuda... – Aisling estava sendo prolixa. Estava apenas repetindo o que já dissera durante a reunião inteira.

Desmond continuava maquinando, pensando o que poderia fazer quanto àquilo tudo. Ele não se conformava com a situação, mas não conseguia pensar em uma solução. Sentia-se impotente. Marian parecia compartilhar esse sentimento, em parte. Ela achava esquisito como Roux estivera inquieto desde a chegada dos estrangeiros. Agora mesmo, ele estava pulando da mesa, até o chão. Caminhou com seu gingado engraçado, até os pés de Aisling. A menina, que estava em pé, se abaixou e afagou o animal, com carinho.

– Você consegue *ver* Roux?! – Marian exclamou, incrédula, o queixo caído. O susto que Aisling tomou foi tão grande que ela soltou o bicho na hora.

– D-desculpe...

As duas ficaram paradas, uma encarando a outra, por vários minutos. Ninguém ao redor sabia do que elas estavam falando. Marian se levantou da cadeira, deu a volta na mesa, mancando, mas sem tirar os olhos de Aisling, e passou a analisá-la de muito perto. Quando falou com ela, sua voz não era mais que um sussurro:

– Você consegue enxergá-lo? Roux? Pode vê-lo? O animal vermelho que está entre você e eu?

– Mas é claro! – Aisling achava que Marian só podia estar ficando maluca.

– Você! – Marian apontou o dedo para Dharon, que estava sentado em uma cadeira próxima. – Vê algum animal nesta sala? Vermelho?

Dharon não entendeu a pergunta, mas passou os olhos por toda a sala, procurando por algo. Uma ruga se formou em sua testa, e ele fez que não com a cabeça. Aisling não entendeu. Era óbvio que ele podia ver um animal vermelho na sala, este a que Marian se referia como Roux! Ele e Dharon estavam perto um do outro, podiam se ver. Ou será que não?

– Aisling, este não é um animal comum. – Marian sussurrou

no ouvido de Aisling, para que só ela ouvisse. – Ele é mágico! – Roux deu um belo bocejo e saiu da sala, seu rabo preto e vermelho desaparecendo atrás da parede de pedra. Ele não parecia ter nada de especial.

– Membros do Conselho – Marian anunciou em voz alta –, eu sei que vai contra tudo o que conversamos hoje, mas tenho uma declaração a fazer. Precisamos ajudar este dois. Eu não os conheço direito, mas agora sei que são pessoas de valor. Preciso ajudá-los!

Um murmurinho se fez na sala. Desmond teve dificuldade em acreditar em que seus ouvidos tinham acabado de presenciar. Ele não conseguia imaginar o que podia ter feito Marian mudar de ideia tão de repente. "Mas você não era contra?", alguém perguntou.

– No início eu era – disse Marian. – Depois quis me abster, e agora tenho convicção de que é este o certo a fazer. Eles salvaram a vida de Desmond! Depois, salvaram a minha vida, e de muitos outros companheiros da Resistência. Nossa dívida é muito grande, precisamos recompensá-los.

Não era comum ver Marian mudar de ideia tão de repente. Ela sempre tinha uma opinião formada sobre tudo, e a defendia com unhas e dentes até o fim, a não ser que alguém a desse argumentos muito bons para que, gradativamente, ela passasse a ver a situação por outro ângulo.

– Marian, em nome de todo o Conselho, fico feliz em ver que decidiu tomar a decisão mais acertada! – Desmond não quis perder tempo. – Vamos providenciar a viagem a Amitié!

– Esperem. – Baldwin decidiu interromper. – Marian, não entendo seus motivos para mudar de ideia tão de repente. Aceito sua decisão, mas alguns detalhes ainda precisam ser revistos. Se você realmente acredita na cura, deverão ir até Amitié para buscá-la.

– Certo. – Marian respondeu sem relutar.

– Entendo que você precise ir, mas isso nos enfraquecerá por alguns dias. É melhor que Desmond fique.

Desmond murchou ao ouvir isso. Todos os outros conselheiros concordaram com Calvin Baldwin. Pela primeira vez um Furioso tinha encontrado a fortaleza, depois de tantos anos! Aquele deveria ser um local secreto. O que viria depois daquilo? Eles precisariam de toda a ajuda disponível.

Marian olhava para Desmond, sem saber o que dizer. Ela sabia muito bem que ele acreditava na história, que ele queria ir buscar a cura, porque isso dizia respeito a *ele*. Desmond evitou o olhar de Marian, e ela sabia que ele estava inconsolável.

– Tudo bem, vocês estão certos. Vou ficar. – Desmond respondeu, por fim. Marian tinha lhe dado um voto de confiança, e era a vez dele de fazer o mesmo. – Eu não preciso mesmo ir. O importante é que vocês encontrem o que queremos.

– E o rapaz também deve ficar. – Baldwin continuou falando, e dessa vez se referia a Dharon. – Ele vai atrasar a viagem e, consequentemente, seu retorno.

Logo Aisling calculou que viajaria sozinha com Marian, e só de pensar já sentiu um calafrio. Não que ela não confiasse totalmente na líder da resistência, mas é que Aisling ainda tinha um pouco de medo dela. Além disso, ficaria longe de Dharon por vários dias, em que ele estaria sofrendo. Dharon colocou a mão sobre o ombro de Aisling. Ele estava pensando o mesmo. Não queria se separar dela, mas sabia que, se fosse junto, só iria atrapalhar.

– Vai dar tudo certo – ele a confortou com um abraço. – Vou ficar te esperando.

– Está decidido, então. – Marian encerrou a reunião.

■

– Desmond, localizamos mais um pelotão do Exército de Hynneldor rondando a região.

As notícias não eram boas. Depois de meses que o general

finalmente tinha parado de enviar equipes de reconhecimento para procurar o esconderijo da Resistência naquele lado do reino, o que o levaria a voltar a fazê-lo? E, agora que Marian tinha partido com Aisling para o sul, era ele, Desmond, quem deveria instruir os guardas.

– Vamos colocar em prática os planos para confundir os inimigos. E torcer pra que eles funcionem mais uma vez.

Os planos consistiam em modificar a vegetação, o relevo e o curso dos rios, a fim de que as tropas de reconhecimento se perdessem pela região das montanhas. Eles já não eram muito bons nesse local, mesmo! Era um exército das planícies, e era lá que deveriam permanecer, na opinião de Desmond. Uma vez confusas, as tropas entravam em pânico, e só depois de muito tempo eram guiadas, sem que soubessem, para fora do campo nevado.

Colocar esses planos em prática requeriam muito esforço. Não era fácil inundar e tornar a secar um canal, derrubar e realocar grandes árvores e pinheiros, provocar pequenas avalanches. Para tudo isso, precisavam da ajuda de muita gente, e não raro estas técnicas provocavam efeitos colaterais indesejados, como destruição de rotas, perda de material e ferramentas, ou até perda de vidas. Mas era necessário manter o local em segredo, e não faltavam voluntários corajosos para cumprir essa tarefa. E, se nada desse certo, eles ainda podiam usar os Grandes Lobos das Montanhas.

Os Grandes Lobos da Montanha era uma lenda conhecida por toda Hynneldor. Eles supostamente moravam no topo da montanha mais alta de toda a cordilheira, e dormiam lá durante séculos. A única forma de acordá-los era fazê-los sentir cheiro de traição. Quando isso acontecia, desciam correndo, em busca do sangue daquele que os fizera despertar. E só retornavam quando conseguissem derramar esse sangue, ou expulsá-lo de seu território.

Não passavam de uma lenda, é claro. Mas quem teria coragem suficiente para permanecer na cordilheira depois de ouvir dezenas de uivos vindos de todas as direções e cada vez mais próximos? Essa era uma das armas de que a Resistência dispunha. Os postos de observação escondidos pelas montanhas eram também responsáveis por soar os uivos. Bastava apenas um sinal de Desmond... Mas ainda não era a hora. Por enquanto, o mais prudente era esperar e ver se o primeiro plano funcionaria.

– Cuide para que não cruzem com o caminho de Marian e Aisling. E mantenha-me informado. – Desmond ordenou ao guarda, que se retirou. Aqueles dias seriam de apreensão.

Capítulo 15

Histórias de Hynneldor

– Por aqui, rápido! – Marian guiava Aisling habilmente por entre vales e montanhas, em direção a um céu menos cinza e mais azul.

Durante o percurso, por pouco não tinham esbarrado em uma tropa de reconhecimento do Exército de Hynneldor, pondo tudo a perder. Mas Marian conhecia a região, sabia todos os caminhos e atalhos. Agora, as duas entravam em uma grande caverna que se escondia na base de uma das últimas montanhas da cordilheira. Eram seguidas por Roux, que vinha com seu gingado despreocupado. O sol já esquentava suas cabeças, enquanto cavalgavam por um solo seco, forrado de folhas, e o manto de pele de cabra já parecia pesado demais.

– Esse é um dos últimos esconderijos antes do fim das montanhas – Marian informou –, pode deixar seu manto aqui, que voltaremos pra pegar na volta.

Agradecida, Aisling desmontou de Douce, tirou seu manto, que era tão grande que cobria seu corpo inteiro, o dobrou e o colocou delicadamente sobre uma pedra. Marian não se deu o trabalho. Ela simplesmente atirou seu próprio manto sobre uma superfície mais ou menos seca e esperou Aisling montar de novo.

– E essa roupa? Parece até que estamos indo passear!

Aisling estava usando um vestido vermelho-claro confortável, em tecido resistente. Alguns babados na barra tocavam seus joelhos, e uma bota de couro subia até a canela. Seu cabelo loiro se dividia em duas tranças, uma de cada lado da cabeça. Algumas noites bem dormidas, com direito a almoço, banho e roupas emprestadas tinham dado uma nova cor a seu rosto.

Marian se vestia com menos pompa. Uma calça confortável, uma blusa de algodão cru, botas. Como sempre, seu cabelo estava preso por uma faixa, não para enfeitá-lo, mas para evitar que a atrapalhasse em algum momento crucial. Não carregava sua lança, que era demasiadamente grande para passar desapercebida, mas uma espada longa e uma adaga. A espada era levada escondida no lombo do cavalo, sob sua bagagem, e a adaga, presa ao cinto.

Aisling não carregava nenhuma arma, mas uma enorme bagagem. Roupas, alimento, água, ferramentas, dinheiro... tudo o que poderiam precisar durante a viagem. Várias bolsas iam amarradas a Douce, que carregava tudo com habilidade. De uma delas, Aisling tirou uma capa de viagem, mais leve que o grosso manto de pele, e vestiu.

– Espero que você não chame demais a atenção dos rapazes, pelas cidades por onde a gente passar. – Marian continuava falando. – Ei, não pense que é um elogio! Isso pode nos atrapalhar!

Aisling sorriu e virou para outro lado. Ela sabia que estava bonita. De todas as roupas que a tinham emprestado, ela escolheu o vestido mais bonito para o dia da partida, e trançou os cabelos da forma que mais gostava.

Não sabia dizer o que a tinha levado a fazer aquilo; ela devia estar preocupada com a viagem, com a bagagem, com os inimigos, e não com a aparência. Mas não se conteve, alguma coisa a fez se enfeitar. E valeu a pena! Aisling não conseguia se esquecer do rosto de Dharon, na última vez em que se viram.

– Prometa que vai voltar. – ele disse, com expressão séria,

enquanto a segurava delicadamente pelo vestido. Àquela hora, ela já deveria estar montada no cavalo, toda agasalhada, saindo pelo portão da fortaleza, mas ainda estava ali se despedindo. Marian não gostou nem um pouco do atraso.

– Vamos logo! – Marian gritou, trazendo-a de volta ao tempo presente.

Aisling prontamente montou em Douce, e elas saíram da caverna. Em poucas horas, terminaram de contornar as últimas montanhas da cordilheira, e saíram para um terreno aberto e levemente ondulado. Ali fazia calor e elas já estavam exaustas, por isso pararam para descansar.

– Se nos apressarmos, conseguiremos chegar até a cidade de Amitié em oito dias. – Marian informou, recostando-se a uma árvore. Roux logo se aninhou em seu colo.

– E chegando lá, vamos aonde? – Aisling pegou um cantil e sentou ao lado de Marian.

– Bom... existe uma lenda, que a cidade esconde um santuário antigo. É pra lá que nós vamos.

– Um santuário escondido? E ninguém nunca encontrou?

– A mãe de Desmond dizia ter encontrado uma vez. Disse que entrou pela sala do trono do antigo castelo. Me dá um gole de água?

– Claro. – Aisling passou o cantil para Marian. – Então vamos procurar essa porta e depois nós vamos entrar...

– *Eu* vou entrar. – Marian a corrigiu. – Dizem que só quem tem sangue puro pode entrar nesse santuário. Você é uma estrangeira, vai ficar de fora.

– É? E o que garante que você vai entrar? – Aisling perguntou, entediada. Ela já estava cansada de ser tratada com tanto preconceito. Marian deu risada e respondeu:

– Eu sou descendente direta de Fausto, irmão de Flora,

a lendária Rainha da Primavera. Se tem alguém que vai conseguir entrar no santuário, esse alguém sou eu!

– Rainha da Primavera, hum... – Aisling não sabia o que aquilo significava, e nem queria saber. Ela própria não fazia ideia de quem eram seus antepassados. Mal se lembrava de quando sua mãe era viva!

– Não faça pouco caso! A Rainha da Primavera foi a última rainha de verdade! A mais importante de todas!

– Como assim, a última? Não tem uma rainha hoje em dia?

– Tem, mas é diferente! – Marian estava perdendo a paciência. – Você não entende! A Rainha da Primavera tinha a Bênção da Deusa Zyria! Antigamente, a própria deusa escolhia os reis e rainhas, e ela escolheu a Rainha da Primavera!

– A deusa escolhia? – Aisling perguntou, realmente interessada. – E por que ela não escolhe mais?

– Bom, ela... acho que ela nos abandonou... – Marian murchou. Aisling conseguiu deixá-la chateada. Percebendo isso, a menina se aproximou e pegou de volta seu cantil de água.

– Não se preocupe. – ela disse confiante. – Sua deusa vai voltar! – E deu um grande gole.

Marian concordou e abaixou a cabeça, perdida em seus pensamentos. Após um breve momento de reflexão, ela se pôs em pé em um pulo.

– Vamos logo! Nada de moleza! – Disse ela, se preparando para voltar a cavalgar.

Viajaram por mais algumas horas. Cruzaram largos campos, terras cultivadas, florestas virgens. Pegaram várias estradas diferentes, mas saíam delas toda vez que alguém se aproximava. Descansaram mais algumas vezes, conversaram um pouco, voltaram a cavalgar. Durante toda a viagem, Marian preparou para as duas um alimento muito saboroso, mas que Aisling desconhecia.

– O que é *isso?* – estavam jantando uma sopa branca e pegajosa, que à primeira vista parecia nojenta, mas logo no primeiro gole se mostrou ser uma delícia.

– É uma sopa feita de Flor da Neve. – Marian respondeu, servindo para si uma cumbuca. – Nós temos uma enorme plantação delas! Elas são muito nutritivas, e dela tudo se aproveita! As pétalas viram sopa, o caule pode ser comido cru quando verde, ou usado pra fazer sapatos e cestas quando seco, a raiz tem propriedades curativas, e o nectar... Ah, o nectar! Esse você não pode provar. Ele transforma qualquer covarde em um grande guerreiro! Mas está proibido... Uma vez que toca seus lábios, você nunca mais esquece, e quer beber cada vez mais! É um vício difícil de se livrar, já sofremos verdadeiras guerras internas por causa disso! Tem gosto de mel...

– Gosto de mel? Você já provou?

A pergunta de Aisling nunca foi respondida, mas o silêncio de Marian disse tudo.

– Você tem família? – Marian perguntou, e aos poucos as duas passaram a se conhecer melhor.

Marian era viúva. O Furioso que tirara a vida de seu marido fora o mesmo que a havia ferido na perna. Ela conseguira matá-lo por fim, mas Aisling sentia que ela ainda se culpava pelo acontecido. Nunca tivera filhos. Nesse aspecto, as duas eram parecidas. Aisling não conhecera seus pais, e no momento não sabia o paradeiro de sua avó, que era sua única família. Ambas tinham apenas os amigos para se apoiar.

Durante toda a viagem, conversaram bastante. O tempo passou, a paisagem mudou, e elas cavalgavam devagar, por uma estrada acidentada que seguia o curso de um rio largo e ruidoso. A floresta ao redor era úmida, apesar de o sol adentrar por entre as copas das árvores, iluminando tudo ao redor. Elas estavam no coração de Hynneldor, e quase chegando a seu destino.

– Queria tanto saber se estão sentindo minha falta na

fortaleza... – Marian falava consigo mesma.

Se sentiam a falta dela? E como! A viagem de ida não teria sido tão agradável se elas soubessem o temor que se assolava sobre a Fortaleza da Resistência.

■

– Por favor, me deixe ajudar!

– Já disse que não, Dharon! Você é meu convidado. *Con-vi-da-do!* – Desmond era definitivo em sua decisão. – Vá cuidar da sua saúde! Se alguma coisa te acontecer, a Aisling me mata!

Dharon cruzou os braços e fez uma careta. Ele não gostava de se sentir um peso morto. Olhou ao redor para ver onde sua ajuda poderia ser útil, e, enquanto Desmond estava distraído com outro assunto, correu para auxiliar alguns guardas que levantavam um novo portão para a fortaleza. Era de madeira grossa, reforçado com barras de ferro por fora e por dentro. Enquanto isso, Desmond corria para todos os lados, gritando ordens.

– Os uivos funcionaram? – ele perguntou ao responsável.

– Sim, senhor. Estão correndo para fora da cordilheira o mais rápido que podem! Mas outra tropa de reconhecimento já vem entrando pelo noroeste...

– Você acha que pode desviá-los pelo norte, dessa vez?

– Acho que sim... podemos testar.

– Ótimo, faça isso. Ei, você, leve isso lá pra cima! – as últimas palavras foram para um rapaz que segurava uma caixa contendo um carregamento de bestas, e agora se dirigia para uma das torres.

Desmond supervisionava todo o trabalho, e ajudava quando alguém precisava. Seus olhos atentos passaram por toda a entrada da fortaleza. Até agora, tudo corria bem e ele estava satisfeito, mas precisava ficar atento a qualquer mudança na sorte.

Em meio à multidão que trabalhava, ele divisou Dharon

carregando alguns troncos de pinheiro até onde um homem reconstruía uma casa que tinha vindo abaixo durante a batalha com Adam Boyd; depois, viu o menino se oferecer para ajudar na reconstrução.

– Seu menino sabe trabalhar. – disse uma voz que tremia sob o peso da idade. Era o senhor Calvin Baldwin, que se aproximava lentamente. – Será que ele sabe sentir *gratidão?*

Desmond respondeu ainda olhando para Dharon.

– Não espero nada de diferente, vindo dele.

O céu estava claro naquele dia, e parecia que tudo seria fácil. O que Desmond não sabia, é que uma tempestade se aproximava.

■

O Tenente Yorath adentrou a antessala, após ser anunciado.

– Espero que seja importante. – Kendra resmungou, sem levantar os olhos do mapa em cima da mesa.

– Coronela, precisamos fazer alguma coisa! Esses homens que o general chama de exército são uns *covardes!*

– Tenente, nós sabíamos disso antes mesmo de virmos até aqui. Mas precisamos usar o que temos disponível.

– Mas eles mal sabem se localizar nas montanhas de seu próprio reino! – o tenente bateu com as palmas das mãos na mesa, indicando o mapa de Hynneldor ali estendido. – E agora começaram a recuar! Nem adianta perguntar o motivo, eles sempre respondem com histórias supersticiosas de lobos!

Kendra tirou os olhos do pergaminho e olhou para Yorath com interesse. Seu olhar não transpareceu ira, mas passava longe da alegria. Ela estava séria, digeria lentamente as informações que já sabia, mas que Yorath fazia questão de lembrar.

– O próprio general partiu para as montanhas, essa manhã – ela disse.

– E vai voltar com o rabo entre as pernas, assim como seus homens. Enquanto isso, estamos aqui, de braços cruzados!

– O que você sugere, tenente?

– Será que não estamos perdendo tempo? Os hynneldenses não avançam, tampouco o Furioso retornou. Talvez fosse o caso de investigarmos *nós mesmos*.

– Aquele homem desprezível me ordenou ficar aqui.

– Ordenou a você, coronela. Não a seus homens.

Kendra fechou os olhos e respirou fundo. Yorath era esperto e sabia a hora de agir. Ele tinha uma personalidade forte: exatamente o que se procurava nos soldados de Vulcannus. E isso não a agradava.

– Ordene a Tenente Olwyn que se apresente a mim imediatamente.

Yorath se retirou e, em minutos, retornou trazendo Olwyn consigo. Estava contente em saber que finalmente ele, a tenente e a coronela se organizariam para tomar uma providência. Mas sua alegria logo se esvaiu, a um comando de Kendra:

– Tenente Yorath, pode se retirar. – por um momento, ele se sentiu atordoado pela ordem, e não se moveu. – Dê-nos licença para que a tenente e eu possamos definir nosso plano de ação. Mais tarde lhe informaremos.

– Sim, coronela. – ele bateu continência e se retirou. Gostava cada vez menos daquela mulher.

– Tenente Olwyn, já enviei para o rei uma solicitação para nomeá-la minha capitã. O mensageiro deve chegar à capital hoje.

– Sou muito grata!

– Como já disse, não será tão fácil. Preciso que você prove seu valor.

– De que forma, coronela?

– Você liderará o pelotão pelas Grandes Montanhas, em uma investigação em busca da base dos rebeldes. Sairá em segredo, sem avisar aquela marionete, que o general chama de rainha. Assim que encontrar a base, você deve retornar. Quando receber as coordenadas da localização, eu a nomearei.

– Como desejar.

– Ah, e leve o desenhista com você, pra que ele faça um mapa.

– Sim, coronela.

Capítulo 16
Memórias de um Passado Distante

À medida que se aproximavam de Amitié, ficava mais difícil evitar cruzar com outros viajantes. Mesmo sob a pesada chuva que caía, carroças, cavaleiros e até pessoas a pé passavam por Aisling e Marian de tempos em tempos, no sentido contrário. As duas vestiam suas capas de viagem, mas, depois de várias horas de chuva, estavam molhadas até os ossos. Seguiam apreensivas, imaginando se encontrariam naquela cidade as respostas que procuravam.

Enquanto avançavam, a chuva deu uma trégua e as nuvens se tornaram menos acinzentadas. Os cavalos caminhavam devagar por uma estrada lamacenta, o cansaço era visível no rosto de Aisling e Marian. Roux havia desaparecido há horas, mas Marian sabia que, quando menos esperasse, ele surgiria, aparentemente de lugar nenhum. Com o fim da chuva, Aisling não demorou a jogar o capuz para trás, expondo seu cabelo ao vento que, ainda úmido, brincava com os fios.

Antes mesmo de poder ver a cidade, Aisling pôde ouvi-la. Era evidente que estavam se aproximando de uma cidade muito grande, pois o barulho podia ser percebido à distância. Inicialmente, um ruído disforme, porém, ao prestar bastante atenção, diferentes sons podiam ser distinguidos. Carroças trotando pelo chão de pedra, um martelo batendo contra metal; ao longe, um serrote feria um pedaço de madeira; vários homens anunciavam, aos berros, quais itens estavam vendendo.

A primeira coisa que Aisling viu da cidade foi uma torre estreita e muito alta. Branca, dividia o azul do céu em duas metades, e subia até as nuvens. Cintilava triunfante, acima da cidade, de todos os pequenos morros que circundavam a região, acima de todas as árvores. Parecia ter brilho próprio. Na verdade, Aisling já a tinha visto antes, mas, em meio ao temporal, era difícil dizer se era uma torre, ou se fazia parte do próprio céu. Agora que a chuva tinha ido embora e os passarinhos da floresta saíam de seus ninhos, a torre se erguia, bem definida, diante dos olhos de todos.

Abaixo da torre, um grande e belo castelo, erguido pedra sobre pedra, servia-lhe de base. Era rodeado por uma muralha onde, em outros tempos, inúmeros soldados haviam montado guarda. Agora a defesa era pobre, consistida por uma meia dúzia de homens, vestindo armaduras surradas e com expressões entediadas. Aparentemente, ali não se tinha muito o que, nem de quem, defender.

Em volta da muralha, uma grande cidade se estendia para todos os lados. Era formada por milhares de casinhas pequenas, feitas de pedra, madeira e palha, que, durante séculos, foram sendo construídas amontoadas e escoradas umas nas outras. Homens e mulheres andavam apressados pelas ruas carregando mercadorias, realizando transações, conversando, trabalhando.

Aisling se lembrou de sua admiração ao conhecer a agitação de Porto Tarsillya, e deu risada. Não tinha como comparar com o movimento de Amitié. As pessoas pareciam formiguinhas, andando de um lado para outro, sem se dar conta de como eram insignificantes quando isoladas, nem do quanto eram grandiosas quando no conjunto!

– Puxa, como essa cidade cresceu, desde a última vez que estive aqui! – Marian se admirou. Tirou a capa molhada, a embolou de qualquer jeito e a jogou sobre o lombo do cavalo. Aisling fez o mesmo, porém dobrou a sua com cuidado.

– Nós já vamos para o castelo?

– Siga-me.

A entrada da cidade era marcada por uma enorme figueira. Suas raízes deformavam a estrada, obrigando-a a traçar uma curva. Aisling e Marian desviaram da figueira e se embrenharam na cidade. Amitié se parecia muito com as florestas onde tinham passado seus últimos dias: um caminho acidentado e com muitos obstáculos, onde era fácil de se perder. A grande diferença é que as árvores não se mexiam tanto quanto as pessoas, por isso ali elas precisavam ter ainda mais cuidado ao se locomover.

Logo encontraram um local para amarrar os cavalos, aos cuidados de um estabuladeiro. O castelo se erguia muito adiante, além das ruelas apinhadas de gente, e elas avançariam mais rápido a pé. Esgueiraram-se por entre ferreiros, sapateiros, comerciantes, construtores. Foram ladeira acima, em direção à torre infinita. Marian ia à frente, Aisling a seguia de perto.

– Estamos quase chegando, Aisling. – Marian disse feliz. Então olhou para trás. – Aisling?

Para seu espanto, a menina não estava mais às suas costas. Marian olhou para os lados, o turbilhão de pessoas não parava de se mexer nem por um instante, Aisling não podia ser vista em lugar algum! Marian rapidamente pôs-se a mancar ladeira abaixo, olhando para todos os lados. Não se conformava: estava emocionada em estar ali, tão próxima ao lugar onde a Rainha da Primavera tinha reinado centenas de anos atrás, e esta emoção a cegara. Como podia ter deixado Aisling se perder tão facilmente? Continuou descendo, espiando todas as ruelas que cruzava, todos os becos, todas as portas que se abriam para a rua.

– Quer comprar um figo? – um mercador perguntou. – Quer comprar uma maçã?

– Você viu uma menina loira, de trancinhas? – Marian perguntou, e o mercador mexeu a cabeça negativamente.

"É claro que ele não viu!", Marian pensou, "Aisling usou tranças no primeiro dia de viagem, hoje ela está com o cabelo solto!". Sacudiu a cabeça, punindo-se e tentando colocar os pensamentos em ordem. Continuou a descer a rua, correndo de seu jeito desajeitado, a cada segundo mais desesperada, "E se algo acontecer a ela?". Padeiros, tecelões, marceneiros. Uma oleira fazia belas cumbucas de barro. Logo à frente, ela viu um rabo vermelho sumir em uma esquina.

– Roux! – Marian gritou e foi atrás dele.

Era uma rua muito apertada, sem pavimentação. Roux estava ali, e olhou para Marian quando ela chegou. Sem fazer um ruído sequer, caminhou e parou de costas para a parede de uma casa humilde. Logo acima de sua cabeça, um cartaz pendia de um prego. Marian sentiu o coração acelerar ao reconhecer as faces de Aisling, Dharon e Desmond, porcamente desenhadas em um pergaminho sujo, com os dizeres: "Procurados, inimigos de Hynneldor. Recompensa".

– Aisling! – Marian exclamou, tentou se recompor enquanto assimilava que o perigo era real. Roux saiu correndo ruela adentro, e Marian foi em seu encalço.

Cruzaram muitas outras ruas estreitas, onde mendigos procuravam uma posição mais confortável no chão enlameado. Marian seguiu Roux por muito tempo, por um labirinto de ruas sombrias, e tentou não se abalar ao cruzar o caminho de uma velha maltrapilha, que tinha uma verruga na testa e mãos enrugadas e trêmulas. Lentamente, voltou a chover, o que tornou o caminho ainda mais obscuro. Marian já estava suja de lama até os joelhos, quando Roux diminuiu o passo.

Tentando fazer o mínimo possível de barulho, Marian caminhou até a próxima esquina e espiou. Ali, a rua perpendicular se alargava de repente, formando o que numa floresta seria chamado de clareira. Um telhado cobria o local, protegendo da chuva as pessoas que ali estavam. Eram três: o primeiro era um homem grande e gordo, que usava um avental branco de açougueiro, sujo de sangue. O segundo era jovem e esguio, não muito alto, e estava com um sorriso cobiçoso; a terceira pessoa era Aisling.

Aisling estava encharcada, espremida contra a parede, como se pudesse atravessá-la. Os ombros estavam tensos e ela evitava contato visual com os dois. O homem maior passou a manzorra por seu cabelo, como se a estivesse examinando. Sem tirar os olhos dela, perguntou ao mais jovem:

– Acha mesmo que é ela? Não parece muito com o desenho...

– Claro que é! A gente vai ganhar uma bolada, nessa!

– Tem certeza? É melhor perguntar aos guardas...

– E deixar que eles fiquem com a grana? Nem pensar! A gente tem que levar ela pra Birendra! Agora, vamos!

O mais jovem agarrou o braço de Aisling e começou a arrastá-la em direção à chuva. Ela gritava e esperneava. Com a outra mão, socava o braço dele, mas ele não soltava. Apesar de ser magro, não era fraco: tinha os braços fortes de um construtor. Estava feliz da vida, não se importava com o que fariam com ela em Birendra, mas delirava só em pensar no dinheiro que ganharia. Foi quando Marian surgiu em seu caminho, a adaga na mão direita.

– SOLTA ELA! – Marian gritou. A surpresa foi tanta que o rapaz hesitou por um breve momento, suficiente para Aisling se desvencilhar dele, correr e se esconder trás de Marian.

– O que você vai fazer? Me furar com essa *agulha?* – zombou ele, a mão direita fechada batendo na palma da esquerda.

– Corre! – Marian gritou. Aisling saiu correndo pela ruela, na direção de onde se aglomeravam mais pessoas. No mesmo instante, o rapaz se lançou para cima de Marian, o pulso direito fechado, pronto para deferir-lhe um murro.

Mas Marian era mais rápida do que ele imaginava. Com

facilidade se esquivou para trás e para a direita e o empurrou na direção em que seu próprio golpe já o estava levando. Ele bateu o ombro na parede de madeira e soltou um murmuro desgostoso. O outro homem já estava próximo, as mãos estendidas na direção de Marian.

Ele era grande, mas desajeitado. Marian habilmente caiu para trás, e com as duas mãos apoiadas no chão deu um chute certeiro entre as pernas dele. O homem se contorceu de dor e caiu no chão, enquanto ela rolou para o lado, bem a tempo de desviar de um chute do mais jovem. Agachou-se, uma mão no chão lamacento e outra segurando a adaga, e espreitou, como um gato, enquanto ele se preparava para mais um chute. "Ele é muito lerdo, e não sabe lutar", ela pensou, "e Aisling já deve estar na rua principal".

Ainda agachada, Marian investiu contra o rapaz, com a adaga. Errou. Ele deu um sorriso zombeteiro e abaixou a guarda. Caiu como um patinho na armadilha de Marian. Ela girou 180º, apoiou as duas mãos no chão à sua frente e chutou para trás com o pé esquerdo, acertando-o em cheio no queixo. Ele se dobrou ao meio, lacrimejando de dor. Com uma mão no queixo e outra apoiando na parede, se abaixou lentamente, o ar entrando com dificuldade.

– Não preciso te furar com essa agulha. – Marian retrucou, triunfante, prendendo a adaga novamente ao cinto, e saiu correndo, mancando desajeitada, por onde Aisling tinha fugido.

Por alguns minutos os dois homens ficaram ali, furiosos e humilhados. Mas aquilo não ia ficar barato...

■

Aisling ainda corria. Já estava bem perto da entrada do castelo, e passou a correr bem mais devagar. Estava na dúvida se deveria continuar em frente ou esperar por Marian. De tempos em tempos olhava para trás, mas a amiga não aparecia. Foi quando ela não estava olhando que Marian surgiu, de repente, mancando pela rua principal. Agarrou Aisling pelo braço e passou a correr a seu lado, inicialmente puxando-a, para que andasse mais rápido, posteriormente se apoiando nela.

– Rápido, vamos entrar!

No início, ninguém parecia se importar com uma mulher e uma menina correndo, feito loucas, em direção ao castelo. Foi quando surgiram dois homens no encalço delas, o açougueiro e o construtor, que os olhares foram atraídos. O comércio parou para olhar, e depois passou a fofocar. Na frente do castelo, um único soldado montava guarda. Estava muito à vontade, sentado em uma mureta próxima à entrada principal. Quando viu as duas se aproximarem correndo, seguidas por dois homens, pensou que elas fossem lhe pedir auxílio. Levantou-se, bocejando, e esperou que chegassem.

Marian pesava no braço de Aisling, mas era a única forma de correrem mais rápido. De repente, uma mancha vermelha passou ao lado das duas. Roux era muito veloz! Ele cruzou com o soldado e entrou no imponente castelo. As duas também passaram pelo soldado sem dar explicação. Ele foi pego de surpresa, e já não sabia mais se corria atrás delas ou se esperava para barrar a entrada dos dois homens.

– Segura elas! São *criminosas!* – o jovem construtor gritou para o soldado. Sem saber como reagir, ele obedeceu. Entrou no castelo atrás das duas, seguido pelo construtor e pelo açougueiro.

Marian nunca tinha estado naquele castelo, mas, por algum motivo que não podia explicar, sabia exatamente por onde deveria ir. Até mesmo Roux, que parecia sempre saber de tudo, em alguns momentos ficava na dúvida se ia por uma porta ou por outra. Mas não Marian. Quando o animalzinho parava, ela cruzava por ele, tomando sua própria decisão. Os três deixaram pegadas de lama por salões grandes e pequenos, corredores largos e estreitos, até que chegaram a um salão quadrado, que tinha uma grande janela, uma porta em cada uma das demais paredes e uma escada ao centro, que levava a um andar inferior. Roux parou, e Marian também. Aisling olhava de um para o outro.

– E agora? – ela perguntou, ansiosa. A lama em seus pés já tinha se soltado completamente pelo chão do castelo, mas ela ainda marcava os lugares por onde passava com a água que escorria de sua roupa e cabelos.

Os passos do soldado, do açougueiro e do construtor podiam ser ouvidos, cada vez mais próximos. Marian se manteve parada, tentando se decidir. Por um longo momento, olhou para a escada, que descia para um lugar escuro e silencioso. Aisling pensou que ela ia decidir descer por ali, e torceu para que não o fizesse. Não era um local muito aprazível...

Então Marian se virou e escolheu uma porta. Atravessaram um longo corredor e uma sequência de saletas, até que entraram num salão grande, mais comprido do que largo. De um dos lados, uma parede estava forrada de quadros velhos; do outro, várias portas se abriam para uma grande varanda, de onde se podiam ver os telhados de toda aquela parte da cidade. Roux se adiantou em direção à porta na outra extremidade do salão, mas Marian parou para fechar a pesada porta por onde tinham entrado, e a trancou. Estava pronta para cruzar o salão, quando algo a impediu.

Um dos velhos quadros na parede era extremamente significativo para ela. Era uma mulher jovem, sentada com elegância numa cadeira próxima a uma janela. Seus fartos cabelos negros desciam abaixo do ombro, as bochechas eram rosadas e os olhos eram de um azul profundo. Aquele quadro era maior do que qualquer outro no salão, sua moldura exibia detalhes caprichosamente entalhados na madeira e, na parte inferior, estava escrito seu título: A Rainha da Primavera.

Marian ficou parada em frente àquele quadro por vários minutos. Ele era muito grande, quase em tamanho real. Os passos que as seguiam pelo castelo alcançaram a porta. Agora não eram apenas três pares de pés, o soldado tinha alertado seus companheiros, e eles não ficaram nem um pouco contentes em encontrar a porta trancada.

– Vamos arrombar! – gritou um soldado.

– Calado, vamos dar a volta! – retrucou o outro.

– Vocês dois, vão por lá! Você, por lá! Nós vamos esperar aqui. – um terceiro deu ordens, e vários pares de pés saíram correndo para cumpri-las.

– Esperar aqui? – era a voz do construtor. – Arromba logo essa porta! São criminosas, valem uma *fortuna!* Não podem escapar de jeito nenhum!

– Valem, é? – o comandante pareceu interessado. – Vocês três, ponham esses dois intrusos pra fora! – Houve gritaria, enquanto três soldados expulsavam o construtor e o açougueiro. Mesmo depois que o silêncio reinou, o comandante se recusou a danificar a porta.

Marian não se preocupou com a barulheira. Ela andou lentamente até o quadro e tocou a pintura com as pontas dos dedos. Parecia apaixonada.

– Marian, vamos! – Aisling chamou. – Vamos continuar! – Marian olhou para ela, com a maior calma do mundo, e fez sinal para que a seguisse.

Aisling olhou para a porta à frente, que levava a um corredor lateral. Estava ofegante. Roux já estava a meio caminho quando ela começou a andar em direção a Marian, e ele teve que recuar. Quando os dois chegaram, Marian estava mexendo na lateral da moldura daquele quadro. Todos ouviram um click e o quadro se abriu, revelando um corredor estreito e escuro.

– Por aqui! – Marian indicou, e Aisling, de olhos arregalados, foi a primeira a entrar, seguida por Roux.

Com um último olhar para a figura da Rainha da Primavera,

Marian também entrou, fechando a passagem atrás de si. O corredor se tornou escuridão total, e elas prosseguiram tateando as paredes. Logo em seguida, três guardas irromperam pelo salão, vindos do corredor lateral.

Eles olharam para todos os lados em busca das invasoras, mas ali já não havia mais ninguém. Pegadas de água descreviam o trajeto feito por elas até o quadro, mas os guardas estavam tão surpresos com tudo aquilo, que nem o notaram. Também pudera, para que alguém invadiria aquele castelo antigo, que não mais guardava riqueza alguma?

Capítulo 17

A Sala do Trono

Marian tomou a dianteira e foi andando devagar pelo corredor secreto. Não podiam ver nada e respiravam com dificuldade, o ar estava viciado e úmido. O corredor seguiu reto por algum tempo, depois se transformou numa subida em espiral, e voltou a ficar reto. Como avançavam devagar, levaram um longo tempo para cobrir um espaço curto, até uma parede que marcava o fim da passagem.

Aisling ouviu mais um click, e a luz do dia invadiu o corredor escuro. Roux se adiantou pela fenda que Marian abrira na parede, enquanto ela espiava para saber se vinha alguém. Então abriu a porta completamente e as duas saíram para um salão iluminado. Marian procurou ver por qual quadro haviam saído, mas ali não havia um quadro. Diferente do lugar por onde tinham entrado, aquela porta era feita de madeira e, por fora, era encoberta de pedras. Ao ser fechada, se mesclava perfeitamente à parede ao redor.

Aisling abriu um sorriso de satisfação: estavam na sala do trono! Era um salão amplo, de teto alto. O único móvel que Aisling via era o próprio trono, pregado ao chão, mas Marian via muito além. Ela imaginava tempos imemoráveis, quando o salão era todo enfeitado por cortinas, quadros e tapetes. As pessoas conversavam sobre a fartura do reino, enquanto eram entretidas pelo som do alaúde de um bardo. Soldados de armadura brilhante faziam a guarda, nobres e pessoas do povo eram alegremente recebidos pela rainha em pessoa. Ah, a rainha! Há muitos anos sentara-se ali, naquele trono. Aquele, que agora era o único móvel do salão.

Marian pareceu acordar de um transe. A sala do trono tinha uma única entrada, uma porta dupla de carvalho. Ela caminhou até lá e trancou.

– Marian, veja! – Aisling apontava para uma das paredes, onde vários desenhos resistiam à ação do tempo.

O desenho ilustrava pessoas de um passado longínquo, reis e rainhas, agricultores, pescadores, além de gado, trigo, nuvens e pores do sol. Contava a história de Hynneldor. Ao perceber isso, Marian correu por toda a parede, roçando as mãos nas imagens, procurando por algo. E encontrou. Apresentava-se na forma de um bebê sem rosto. Em seguida, gado morto e terra infrutífera. Desgraça, fome, guerra. Exércitos guiados por um homem de cabelos cor de sangue. Novamente, o bebê. Agora crescido, era uma mulher de cabelos negros e face à mostra; então luz, frutas, flores.

– A Rainha da Primavera – Marian suspirou. – Eu disse que é verdade!

Aisling deu um sorriso e olhou para o trono. Marian seguiu o olhar da menina, e tirou as mãos da parede. Caminharam até ele, seguidas por Roux. Acima do trono, havia uma grande abertura no teto, por onde entrava grande parte da luz do lugar. Era em forma circular, por onde subia uma torre até o infinito; até onde a visão mesclava tudo em um brilho translúcido. Marian deu a volta na grande poltrona, as mãos roçando no encosto. Seu rosto era um misto de felicidade e nostalgia.

– Certo, e agora? – perguntou Aisling. – Já estamos na sala do trono, onde fica o santuário?

Com um longo suspiro, Marian se sentou no trono. Olhou ao redor, para as paredes nuas do salão, e para o teto aberto. Então examinou o próprio trono.

– Não sei, mas eu vou descobrir. Assim como nos guiei até aqui, posso entrar no santuário!

Então ela se levantou novamente, e foi tatear a parede, como se procurasse por mais uma passagem secreta. Realmente não sabia o que tinha que fazer. Aisling a observou por algum momento, então se virou para Roux, que estava sentado ao lado do trono. Aisling estava exausta! Como não viu problema, caminhou até o trono, sentou-se nele e fechou os olhos.

– Eu quero entrar no santuário...

– O que você disse? – Marian se virou para ela.

Os olhos de Aisling estavam arregalados, olhando para as palmas das mãos. Seu corpo brilhava e ela começou a flutuar. Marian correu, subiu no trono e tentou agarrá-la pelos pés, mas era tarde demais, Aisling já estava a muitos metros do chão. Ela estava sendo sugada pela grande abertura no teto.

– Aisling!

– Mariaaaannn... – E a menina já não podia mais ser vista.

– Roux, que aconteceu? – Marian perguntou ao bichinho, e tudo que ele fez foi rodar em volta de si mesmo. – Será que ela chegou ao santuário?

■

– Desmond, dois mensageiros acabam de chegar.

Desmond estava sentado sozinho na Sala do Conselho, a cabeça deitada sobre a mesa. Várias pessoas estavam entrando, perturbando seu breve descanso. Com esforço, levantou o rosto para encarar a todos, as olheiras pesando sob seus olhos.

– Mande que entrem.

Os dois já estavam ali. Assim que todos os conselheiros se sentaram à mesa, e todos os demais se sentaram nas cadeiras espalhadas pelo resto da sala, o primeiro mensageiro se pronunciou:

– Desmond, trago uma mensagem do noroeste, próximo ao Pico Azul. O grupo de Belmont estava preparando uma avalanche para confundir um grupo de invasores, quando aconteceu um acidente.

– Que acidente? – Desmond espalmou a mão na cara, imaginando os problemas que aquilo acarretaria.

– Bom... – prosseguiu o mensageiro – a avalanche começou antes do previsto, antes que todos os homens pudessem sair de sua trajetória.

– Tivemos baixas?

– Ainda não sabemos. Seis homens estão desaparecidos na neve.

– Desaparecidos? Isso não é possível, mande já uma equipe de busca! Que cavem o quanto precisar, eu quero os seis aqui! Vivos ou mortos!

– Sim, senhor. – o mensageiro respondeu, com respeito. Ele ia se retirar quando Calvin Baldwin interrompeu.

– Desmond, meu filho, não tome uma decisão antes de ouvir o segundo mensageiro.

O segundo mensageiro logo se posicionou ao lado do primeiro, para entregar sua mensagem. Se o primeiro estava um pouco ansioso, o segundo era uma pilha de nervos. Sua voz vacilava:

– Desmond, senhor, trago uma notícia do oeste, da Montanha do Portão. Lá, um novo pelotão foi avistado, adentrando a cordilheira.

– Façamos o de sempre! Confundir-lhes a direção, assustá-los com falsos uivos!

– Há um fator que... complica um pouco as coisas. O pelotão em questão ostenta o brasão de *Vulcannus!* Por volta de uma dúzia de soldados, alguns dos quais foram vistos usando a magia do fogo...

– O quê?! Por que raios esses soldados de Vulcannus seriam enviados, pessoalmente, até aqui?!

O mensageiro moveu a cabeça em negação e olhou para baixo. Esta informação ele não possuía.

– Eles não serão enganados tão facilmente. – a voz rouca de Baldwin ecoou pela sala. – Precisamos nos preparar para a *guerra!* O mais rápido possível!

– Certo, certo. – Desmond tentava organizar os pensamentos. Ele olhou para uma mulher de meia-idade sentada à mesa. – Como está a colheita de Flor da Neve?

– Um pouco atrasada, devido à diminuição da mão de obra. Muitos dos agricultores estão ocupados provocando avalanches e realocando árvores.

– Chame todos de volta, quero que trabalhem na colheita! E armazenem o mínimo necessário nas cozinhas externas. Mande que tragam tudo pra dentro da fortaleza, onde é mais seguro. – ele deu um longo suspiro e continuou. – Deixe todos em alerta. Os que estiverem aptos a lutar, que recebam armas; os que não estiverem, que estejam prontos para entrar na fortaleza ao menor sinal de perigo.

Em seguida, Desmond dirigiu a palavra a um homem sentado em uma das cadeiras de menor prestígio, longe da mesa do conselho:

– Reúna os guerreiros. Quero todos preparados pra qualquer emergência. Podem ir.

Tanto a mulher quanto o homem se levantaram de seus respectivos lugares e saíram da sala. Após um momento em que todas as pessoas trocaram olhares, o mensageiro falou:

– Desmond, e quanto à equipe de busca? Quem eu devo convocar a escavar a avalanche?

– Ah, sim, a equipe de busca! – Desmond espalmou a mão na cara mais uma vez. – Procure voluntários. Uns dez homens seriam suficientes?

– Acredito que quinze seria um número melhor.

– Quinze, então. Tenho certeza de que vários vão se propor a ajudar.

– Certo.

Mais uma vez, o mensageiro estava a ponto de deixar a sala, quando Baldwin interveio.

– Desmond, meu jovem, tem certeza dessa decisão? – Desmond ergueu uma sobrancelha ao ouvir as palavras do velho. – Esta não será uma missão qualquer... tem um pelotão de Vulcannus lá fora! Será perigoso!

– Tem razão, Seu Baldwin, mas tem seis homens enterrados na neve. Nossos homens! Foram até lá pelo bem de toda a Resistência, se acidentaram tentando defendê-la!

– E seria certo colocar a vida de mais quinze em perigo? – a voz cansada de Calvin Baldwin tinha mais disposição do que a de muitos jovens que se veem por aí. – Estes seis provavelmente já estão mortos, deram a vida para garantir a segurança dos demais, e você sugere perder mais quinze homens?

– Quinze voluntários...

– Voluntários assim como estes seis! E quando os quinze se derem por desaparecidos, você enviará mais cinquenta?

A sala se silenciou. Todas as pessoas olharam de Baldwin para Desmond, e para o mensageiro que aguardava instruções. Em algum lugar da sala, uma pessoa cochichou: "Marian saberia o que fazer...", aumentando a tensão no local. Desmond abaixou a cabeça, se preparando para tomar uma difícil decisão. Quando tornou a levantá-la, seu rosto tinha perdido toda a cor.

– O senhor tem razão – disse, por fim. – Não podemos pôr mais vidas em risco, precisamos de todos aqui.

Ao ouvir isso, o mensageiro se precipitou para perto da mesa do conselho, resmungando palavras rápidas e revoltosas. Entre uma frase engasgada e outra, podia-se entender "o senhor não pode fazer isso", "vidas inocentes", e "equipe de busca". Estava revoltado, e seu rosto ficava cada vez mais vermelho, à medida que falava.

– A decisão está tomada. – Desmond anunciou, tão alto, que fez o mensageiro se calar. – Você, mensageiro, vá explicar a situação às famílias dos seis.

O mensageiro esfregou o rosto para limpar uma lágrima de indignação que teimava em escorrer. Ele soltou um soluço e engoliu em seco antes de dizer:

– Dois deles eram da minha família, senhor.

Capítulo 18
Aura

Aisling flutuou rapidamente pelo longo túnel. No início, ela pôde ver as pedras passando a toda velocidade, ficando para baixo enquanto ela subia. Depois, não mais podia vê-las, era como se todas as paredes tivessem se tornado brancas. Por fim, tudo ficou transparente e ela podia ver a cidade inteira lá embaixo, cada vez mais distante. Ela sabia: estava dentro da grande torre que subia ao céu.

Então a subida foi desacelerada, e ela flutuou levemente, como uma nuvem, até que voltou a ter poder sobre seus movimentos, e se pôs em pé. Pisou sobre um piso forrado por lajotas semitransparentes, que se estendia para todos os lados até o infinito. Lá embaixo, os pássaros voavam livremente, e as nuvens cobriam parcialmente o castelo, as casas e as pessoas, que continuavam a se mover tão depressa, e agora tão pequenas...

O ar ali em cima era puro, e Aisling sentiu-se livre de verdade. Sobre sua cabeça, mais nuvens flutuavam, movendo-se lentamente, ao comando de uma leve brisa que soprava. Tudo era claro, fresco, e o silêncio que abundava só foi quebrado quando uma voz suave se pronunciou:

– Você conseguiu. Seja bem vinda!

Aisling se virou e se deparou com um ser que parecia de outro mundo. Era uma mulher muito bela. Alta, tinha pele clara e usava vestes brancas, que deixavam os braços à mostra. Seu corpo era esbelto, e as mãos eram delicadas, com dedos finos e compridos. Os olhos exibiam um azul turquesa que expressava tranquilidade e mistério.

Próximo à raiz, os cabelos da mulher eram muito claros, quase brancos. Mas, à medida que desciam pelas costas, as mechas se dividiam em diversas cores, como em um arco-íris. Os fios eram tão compridos, que Aisling não podia ver as pontas.

– Você... você é a deusa Zyria? – Aisling perguntou.

A mulher deu uma risadinha graciosa e se aproximou.

– Meu nome é Aura, sou a sacerdotisa deste templo. Sou devota à deusa Zyria, o poder flui de minhas mãos com o único objetivo de servi-la. Mas não, eu não sou a própria deusa.

Uma brisa mais forte soprou sobre as duas. Os cabelos de Aisling se despentearam, enquanto os da jovem mulher apenas se moveram, logo retornando a posição inicial.

– Meu nome é Aisling...

– Eu sei quem você é, e porque está aqui – a sacerdotisa sorriu de forma agradável. – Estive te observando, desde que chegou a Hynneldor.

– É? E você pode me ajudar?!

Aura sorriu novamente. Ela se virou de costas para Aisling, e seu cabelo acompanhou o movimento da cabeça. Agora Aisling podia vê-lo melhor. Os fios escorriam por suas costas, muito compridos, e, quando parecia que tocariam o chão semitransparente, eles o atravessavam. Dividido em sete mechas coloridas, o cabelo continuava a descer, em forma de luz, colorindo o céu. Era o próprio arco-íris.

– A cura para seu amigo – ela falou. – Mas será que você merece?

– Se mereço? – a pergunta pegou Aisling de surpresa – eu ... eu não sei...

– Sua amiga lá embaixo – Aura apontou para Marian, sentada na sala do trono, Aisling podia vê-la dali. – Ela acha que merece todas as honras de Hynneldor, por causa de sua ascendência. Você concorda?

– Bom... Eu não tenho sangue nobre, é claro que discordo!

– Faz sentido. Mas, e se tivesse?

– Não sei o que seria de mim, eu seria uma pessoa totalmente diferente do que sou hoje.

– Mas a essência não muda, concorda? – Aura encarou Aisling, interessada.

– Concordo... – Aisling ainda olhava para baixo, pensativa, observando Marian. – Quem sou eu pra julgar? Mas, sabe... ela é uma boa pessoa, mas vive me ofendendo. Eu não gosto disso. As pessoas de Vulcannus também ofendem quem é daqui, chamam elas de imundas... Por que as pessoas não podem simplesmente viver em paz?!

– É uma pergunta que eu faço diariamente... – Aura parecia chateada. – Vamos caminhar.

Aura pôs a mão sobre o ombro de Aisling, e a guiou pelo salão invisível, rodeado de nuvens brancas. Elas deram alguns passos, e a paisagem a seus pés se modificou completamente. Abaixo de grossas camadas de nuvens, Aisling viu um chão coberto de neve, grandes campos floridos e uma fortaleza de pedra.

– A Resistência!

– Sim, a Resistência. Centenas de pessoas que vivem isoladas do resto do mundo, lutando por um único ideal: seu direito de viver em paz.

Se comparada com a cidade grande e populosa que era Amitié, a cidade sob os pés da Fortaleza da Resistência não era nada, senão um pequeno vilarejo. Algumas dezenas de pessoas corriam de um lado para outro, reconstruindo casas e reforçando as defesas. Algumas faces, Aisling reconhecia de seus dias passados dentro daquelas muralhas.

– São tão poucos, contra tantos! – exclamou a sacerdotisa. – Será que terão alguma chance? Por quanto tempo continuarão essa batalha?

– Podem ser poucos – disse Aisling –, mas cada uma dessas pessoas vale por cinquenta dos inimigos! Cada um deles não pensa só em si próprio, mas em toda a comunidade!

– Sim. Mas e você? Possui essa determinação, ou será que pensa só em si própria? – Aura tinha um olhar inquisidor. – Marian obteve êxito em guiá-la até a sala do trono, mas apenas *você* conseguiu chegar até aqui. Poderia me pedir o fim da guerra, a morte dos inimigos! Mas não... você me trouxe um pedido egoísta.

– Eu... eu... eu confesso: não imaginava encontrar você! Tudo o que eu quis até agora foi um antídoto para o veneno do Dharon, e me disseram que estava aqui, por isso eu vim – Aisling se calou por um momento. – Pensando bem, o fim da guerra seria um bom pedido.

– Você não me pediu nada, ainda pode mudar de ideia.

Nesse momento, Aisling viu Dharon sair de uma das casinhas lá embaixo. Ela prontamente se agachou e colocou a mão no chão, como se pudesse alcançá-lo. Ele estava carregando várias toras de lenha cortadas, e tinha um sorriso no rosto. Tudo parecia bem, mas Aisling não se enganou. Ela sabia que, mais cedo ou mais tarde, ele não teria mais forças para ajudar as pessoas, e voltaria para a cama. Apesar disso, era bom vê-lo, mesmo que à distância, depois de tantos dias separados.

Aisling se levantou e voltou alguns passos, até ficar novamente sobre o castelo de Amitié. Lá embaixo, Marian parecia muito preocupada. Aisling fechou os olhos e pôs as duas mãos sobre o rosto.

– Por mais que eu queira, não consigo mudar meu desejo – ela disse, por fim, e se virou para a sacerdotisa. – Eu vim até aqui por um motivo! Até poderia pedir outra coisa, mas isso seria trair o Dharon, e seria trair a mim mesma! Tudo o que eu mais quero é ver meu amigo bem.

– Mesmo que, mais tarde, ele venha a se voltar contra a própria Resistência, e até mesmo atacar você?

– Que coisa horrível, ele jamais faria isso! Ele vai embora comigo, e vamos ficar longe da guerra.

Aura riu.

– A guerra... Mesmo seu objetivo sendo outro, você foi guiada diretamente até ela. Não há como evitar! Em tempos como estes, a guerra está em todo lugar. Você pretende reencontrar sua avó, certo? Dificilmente fará isso sem se envolver em guerras.

– Vovó! Posso vê-la? – Aisling olhou para o chão ao seu redor.

– Ela está fora de Hynneldor.

– Ah – Aisling fez um muxoxo.

Vários minutos se passaram. As nuvens ao redor se mesclavam e dividiam, formando diferentes desenhos no céu. Aisling permaneceu em silêncio, até que percebeu que Aura esperava por uma resposta. Então ela se virou para a sacerdotisa com um olhar sério.

– Por favor, Aura, me dê o antídoto para o veneno que ameaça a vida de Dharon.

– Seu desejo é egoísta – Aura respondeu, esperando que Aisling se envergonhasse. Mas ela não abaixou a cabeça nem desviou o olhar. Isso era o que mais desejava, estava firme em sua decisão. Aura ponderou por um momento, e em seguida sorriu novamente. – Apesar disso, ele é puro. Sincero. Livre de malícia, mentira ou ganância. É um pedido feito com o coração.

– Isso significa que vai me conceder?

– Isso significa muitas coisas. Por ora, basta saber que um antídoto não existe.

– Não existe? Quer dizer que vim até aqui pra *nada?*

– Para nada? Você acha mesmo?

Aisling olhou ao redor. Era tudo tão maravilhoso! O céu resplandecia sobre sua cabeça, as nuvens calmas transitavam em harmonia. A cidade, tão alheia à existência daquele santuário magnífico, insistia em se mover incessantemente. Ela própria também estaria alheia a tudo, não fosse sua determinação em não se deixar estagnar.

– Nada foi em vão – disse, por fim.

A sacerdotisa se aproximou e se abaixou, de forma que seu rosto ficasse na mesma altura do de Aisling.

– Você possui os dons que se procuram em uma pessoa de valor. Vou lhe conceder uma graça.

Ela inspirou profundamente, então soprou. De seus lábios, Aisling sentiu brotar uma deliciosa brisa, que passou por seu rosto, cabelos e corpo. Toda a água que ainda encharcava suas roupas secou, e ela se sentiu leve. Fechou os olhos e sentiu como se fosse flutuar novamente. O sopro brando e quente trazia consigo um perfume indescritível, inesquecível. Aura continuou soprando por vários agradáveis minutos. Quando parou, Aisling sentia como se nada de ruim pudesse lhe acontecer.

– Obrigada – ela sussurrou à sacerdotisa.

– Agora você pode ir. Quando reencontrar seu amigo, ele estará curado.

Aisling sentiu o chão do santuário se dissipar em uma onda de ar, e ela caiu lentamente.

■

Marian já tinha sentado no trono e proferido todas as palavras mágicas que conhecia, de todas as formas. Já tinha, inclusive, dito as mesmas palavras que Aisling dissera ao ascender para o santuário, e nada acontecia. Ela estava impaciente, chegou a chutar o trono. Então decidiu escalar a parede do salão, em uma tentativa de alcançar a torre. Foi quando ouviu alguém forçar a porta.

– Está trancada por dentro! – alguém gritou.

– Elas estão aí! – outra voz veio em resposta.

– Essa é a única entrada, vamos ter que arrombar! – então ouviu-se o som de alguma coisa se chocando contra a madeira. Provavelmente um deles estava tentando derrubar a porta à base de repetidas ombreadas.

Marian logo pulou para o chão. Ela olhou para a passagem secreta por onde poderia fugir com Roux. Então olhou para a torre sobre sua cabeça; não poderia deixar Aisling para trás. Sacou a adaga e se posicionou de frente para a porta, esperando para enfrentar quem quer que por ali entrasse.

– Vamos, Aisling! – resmungou, mais para si mesma do que para que alguém a ouvisse.

– Vamos... – para surpresa de Marian, Aisling estava de volta ao trono, e respondeu.

O queixo de Marian caiu, e um monte de perguntas se formou em sua boca. Mas ela sacudiu a cabeça e se concentrou no presente. Mais tarde teriam tempo para explicações, por enquanto deveriam se preocupar em fugir dali.

– Venha, por aqui! – Marian indicou a passagem secreta ainda aberta, Aisling se levantou e correu até o corredor escuro, seguida por Roux.

Marian entrou e fechou a passagem, bem a tempo de ouvir a porta de carvalho ceder, e alguém adentrar a sala do trono. As vozes confusas dos soldados do castelo deixavam transparecer a desorganização de suas defesas. Após uma briga, eles deixaram o salão, e voltaram a procurá-las nas outras partes do castelo. Mesmo assim, Marian manteve a passagem fechada, e conversou com Aisling no escuro total.

– Deu certo? Você encontrou o santuário? Você conseguiu?!

– Sim!

– E Dharon?

– Ela disse que ele vai ficar bem!

– Ela quem?! Vamos lá, me diga como conseguiu entrar! Eu também quero!

– Não sei se vai dar...

– Como assim?

– Não sei! Ela disse que você não pode.

– Shhh! – Marian fez com que Aisling se calasse, quando ouviu um barulho na sala do trono. – Você vai me contar tudinho, assim que a gente sair daqui! – Ela encerrou a conversa, passando por Aisling para atravessar pela passagem.

Marian pretendia sair pelo lugar por onde tinham entrado, mas isso não seria uma tarefa fácil. Apesar de desorganizados, os soldados sabiam que tinham intrusos no castelo, e estavam se dividindo para procurar. Elas saíram da passagem secreta para a sala do quadro e avançaram por vários corredores e salões.

Tinham enfim chegado à sala quadrada, com uma escada que levava a um patamar inferior, três portas e uma enorme janela. Marian ia à frente. Aisling a viu andar silenciosamente até a próxima porta, mas logo deu alguns passos para trás, resmungando descontente. Já estava conformada a sair pela outra porta, mas logo viu que não era uma boa ideia.

– Estamos cercadas – ela disse baixinho. A única solução era voltar por onde tinham vindo, ou então... – Por aqui! – Ela puxou Aisling para a escada.

Aisling não queria descer ali. Era escuro, úmido e, o pior de tudo: subterrâneo. Mas era a única opção, do contrário, logo seriam pegas. Roux foi o primeiro a descer, desaparecendo no breu; elas foram em seguida, deixando a luz do sol para trás.

Lentamente, os olhos se acostumaram à pouca luz, e elas perceberam que havia uma única tocha ali, tremeluzindo num suporte preso à parede. Provavelmente, deveria servir para acender as outras tochas que ali se encontravam, apagadas; mas Marian preferiu pegar aquela mesmo.

Marian olhou ao redor, e deduziu que estavam na entrada de um calabouço abandonado. Ali, vários corredores começavam, e se estendiam para todos os lados. Estavam na escuridão total, não tinha como saber qual era sua extensão.

– Escuta aqui, Aisling. – Marian a encarou, muito séria. – Eu estou desmontada e sou lenta. Os soldados não vão demorar a nos procurar aqui. Você ainda lembra o caminho até a saída?

– Lembro, mas...

– Talvez seja melhor você *correr* até lá! Eu vou ficar aqui, posso fazer barulho para distraí-los.

– Eu não vou deixar você aqui sozinha!

– Aisling... – Marian lançou a ela um olhar reconfortante. Aisling imaginou que fosse este o jeito de uma mãe olhar para sua cria. – Eu sei que você não gosta de lugares como esse. Eu vejo seu rosto suar, eu ouço sua voz tremer, eu sinto seus passos ficarem menos decididos, e seu coração bater mais forte. Eu sei que o que você mais quer é fugir daqui.

Ela estava absolutamente certa. A cada segundo que Aisling passava naquele buraco, a proposta de sair correndo ficava mais tentadora. Era tudo que ela mais queria no momento: se ver livre daquela prisão. Mas, não. Ela não ia deixar Marian para trás, depois de toda sua ajuda. Não ia ser assim.

– Eu vou ficar! – Aisling falou com a voz mais corajosa que pôde simular. – Vamos sair daqui *juntas*.

Marian deu um sorriso, e voltou a olhar ao redor e maquinar

sobre que opções teriam.

– Você sentiu isso? – Aisling perguntou de repente.

– O quê?

– Isso! De novo!

– Isso o quê?! – Marian estava ficando impaciente.

– Essa brisa!

– Brisa, *aqui?* Claro que não!

– Sim! Eu tenho certeza! Vem dali! – de repente, Aisling esqueceu completamente o medo que sentia. Não importava mais que estava no escuro, debaixo da terra, ou na entrada dum labirinto. Ela sabia o que tinha que fazer.

– Aisling, vamos nos concentrar no que interessa.

– Marian, vem! Vem atrás de mim! – Marian tentou agarrar Aisling pelo braço, mas era tarde demais. A menina se afastou e estava marchando em direção a um dos corredores.

– Volte aqui! – Marian ordenou com autoridade, mas não foi obedecida.

– Vem atrás de mim! – dizendo isso, Aisling sumiu no corredor. Preocupada, Marian a seguiu, mancando o mais rápido que podia.

– Aisling, volte! – ela repetia. Aisling tinha entrado na escuridão, estava fora de seu campo de visão, guiava Marian apenas pela voz.

– Por aqui!

Aos poucos, os sons do castelo foram deixados para trás, e a luz da saída não podia mais ser vista. As duas caminharam por bastante tempo por um labirinto que parecia não ter fim. Viraram à direita, à esquerda, à esquerda e à direita, e já não sabiam mais por onde tinham vindo.

De repente, Aisling parou. Marian esbarrou nela e quase derrubou a tocha. Já estava nervosa, e a segurou pelo braço com força.

– Vamos sair daqui, *agora!* – ela falou, quase gritando.

– Sim, vamos! – Aisling respondeu com alegria. – Por ali! – ela apontou para uma das celas, que estava com a porta aberta.

Ali dentro, bem no fundo, podiam ser vistos os vãos de uma porta. Fazia séculos que ela não era aberta, estava velha e emperrada, mas ainda era uma porta. E a luz do sol ainda dava um jeito de entrar pelas frestas.

Marian forçou a porta primeiro com as mãos, depois com o ombro. Jogou nela o peso de todo seu corpo. E ela abriu. A luz cegante do sol invadiu toda a cela, e elas puderam ver que havia restos mortais de seres humanos ali dentro, o que explicava o fedor que sentiam. Mas lá fora, o ar estava puro.

– O que faz uma porta, no interior de um calabouço? – Marian se perguntou, perplexa, enquanto saiu cautelosamente.

– Não sei... – Aisling respondeu, sorrindo. – Esse é o calabouço menos seguro do mundo! Sorte a nossa!

– Isso deve ter alguma explicação. Talvez um dia eu volte a Amitié para descobrir...

Aisling não desejava voltar àquela cidade perigosa tão cedo... mas não se importou em comentar isso. As duas logo encontraram o estabuladeiro com quem tinham deixado os cavalos, pagaram e foram embora.

Quando saíram da cidade e Aisling olhou para trás, viu que o céu estava colorido por um belo arco-íris.

Capítulo 19

O Caminho de Volta

Vários dias se passaram desde que Aisling e Marian viraram as costas à cidade de Amitié. Ambas estavam encantadas com os maravilhosos segredos que a cidade escondia, e tinham incríveis histórias para contar.

O sol tinha surgido há poucas horas, elas já tinham levantado acampamento e cavalgavam em direção às altas montanhas que se elevavam logo adiante. Roux ia à frente, perseguindo insetos e cheirando diferentes arbustos. As duas estavam felizes em saber que se aproximavam do fim de sua longa jornada. Estavam tão cansadas que avançavam devagar.

Na entrada da cordilheira, logo localizaram a caverna onde tinham deixado os mantos. Entraram e desmontaram, deixando os cavalos numa área plana na entrada; se agasalharam e aproveitaram para descansar e comer um pouco.

Roux estava inquieto, andava de um lado para outro sem parar. Aisling ria de seu jeito engraçadinho de andar, suas trapalhadas e seus movimentos divertidos, e Marian parecia sentir uma pontinha de ciúmes. Também pudera, até então ela era a única que enxergava Roux, e, de repente, ali estava Aisling.

Então Roux parou o que estava fazendo e correu para fora

da caverna. Pisou na neve macia e se afastou, sem deixar pegadas, até sumir de vista.

– Termine de comer e junte as coisas, pra gente ir. – Marian orientou Aisling, enquanto colocava a cabeça para fora da caverna, como se quisesse ver como estava o tempo.

Assim como Roux, Marian também não podia mais ser vista de dentro da caverna. Assim, Aisling terminou de comer sozinha, e fez como ela mandara. Pegou tudo o que tinha sobrado dos mantimentos e começou a organizar a bagagem. Foi quando Douce começou a relinchar baixinho e mexer a cabeça de forma estranha.

– O que foi, garota? – Aisling a acariciou no pescoço, tentando acalmá-la.

De repente, uma voz masculina surgiu na entrada da caverna:

– Olha isso aqui! Cavalos! – gritou para alguém que estava lá fora. – Tem também uma garota!

– Pega ela! – outra voz gritou lá fora.

Tudo aconteceu muito rápido. A primeira reação de Aisling foi tentar correr, mas ela não tinha para onde fugir, já que o homem tampava a única saída da caverna. Então ela tentou se esconder atrás dos cavalos. Ele decidiu contorná-los para alcançá-la, mas no exato momento Douce empinou e o fez recuar.

Estavam num momento de angústia, quando uma mulher surgiu para desbalancear a situação. O homem foi por um lado e ela pelo outro, os dois cercaram Aisling e a agarraram com força, enquanto ela gritava, em desespero. Então seguraram os braços dela para trás e a obrigaram a se ajoelhar.

– Ai! – gritou o homem, dando um pulo para trás. – Essa menina me mordeu!

Um terceiro desconhecido surgiu trazendo uma corda, com a qual amarraram as mãos dela para trás. Lutar era inútil.

– Essa égua é muito brava! – a mulher gritou enquanto tentava segurar Douce pela guia. A égua empinava, relinchava e ameaçava mordê-la. O outro cavalo obedeceu de boa vontade, quando o levaram para fora.

Um dos homens apertou o braço de Aisling, e a empurrou para fora da caverna, com violência. A claridade cegou os olhos dela por um momento, mas logo eles se acostumaram e ela pôde ver que eles não eram só três. Ali fora, mais dois homens e duas mulheres esperavam em pé. Uma terceira pessoa estava jogada de barriga no chão, o rosto enfiado na neve, as mãos e os pés amarrados: Marian.

Aisling assistiu-os levantá-la e jogá-la por cima do próprio cavalo. Ela lutou, se contorceu, chutou, gritou, chamou-os de todas as ofensas que conhecia, mas teve que ceder quando um deles ameaçou machucar Aisling com um punhal. Marian sentia-se humilhada. Eles começaram a andar, um montou o cavalo de Marian, carregando-a consigo, outro puxava Douce, um terceiro empurrava Aisling, e os demais seguiam em fila indiana. O destino, Aisling não ousava perguntar.

Então ela começou a analisar a situação e assimilar melhor o que estava acontecendo. Todas aquelas pessoas tinham algo em comum: a roupa. Todos usavam casacos verdes iguais, que, apesar de compridos, eram leves demais, inadequados para o clima das montanhas. Os casacos eram fechados com botões dourados que pareciam um tanto surrados, e tinham nas costas uma faixa dourada que ia de um ombro a outro.

Olhando com mais atenção, Aisling percebeu que o casaco leve permitia adivinhar que cada uma daquelas pessoas usava uma armadura por baixo. As botas de todos também eram iguais, um couro cinza-escuro e também impróprio para aquele frio. Aisling começou a desconfiar que aqueles poderiam ser soldados de Hynneldor. Suas suspeitas se confirmaram quando eles começaram a falar:

– O general vai ficar satisfeito!

■

– Desmond, chegou o mensageiro da Montanha do Portão!

Desmond parou no mesmo instante. Estivera praticando sua magia de vento o dia todo, em companhia de outros combatentes. Em algum lugar próximo dali, os que não tinham poder mágico aperfeiçoavam seu domínio da espada. Todos se preparavam para a guerra.

– Cadê ele? – Desmond perguntou.

– Vai recebê-lo na sala do conselho.

– Seria melhor que ele viesse aqui. Enfim, vou até lá.

A sala do conselho estava abarrotada. Todos estavam em pé discutindo. No centro de tudo, Calvin Baldwin tentava acalmar os ânimos. Desmond se esgueirou por entre os presentes e chegou até ele.

– O que está acontecendo?

Em vez de responder, Baldwin falou alto, para todos ouvirem:

– Ele está aqui! Desmond chegou! Sentem-se todos, vamos ouvir o mensageiro mais uma vez.

Ao comando do velho senhor, todos se sentaram, inclusive Desmond. Dharon chegou naquela hora. Ele se encolheu por entre os presentes e também encontrou um assento desocupado. O único a ficar em pé foi o mensageiro, que logo começou a falar:

– Desmond, senhor, tenho uma mensagem... digo, na verdade é uma notícia. Uma notícia do oeste, da Montanha do Portão.

– Certo, prossiga! – Desmond o incentivou. Já estava curioso.

– Senhor, do meu posto na Montanha do Portão eu vi Marian e Aisling adentrando as montanhas.

– Mas isso é ótimo! – Desmond comemorou, lançando um olhar feliz para Dharon. Então retomou a compostura, e falou com a expressão séria. – Nós nunca precisamos delas tanto quanto precisamos hoje! O exército de Vulcannus está quase chegando aqui!

– Sim, senhor. O problema é que elas foram capturadas pelo

exército de Hynneldor. – ao ouvir isso, Desmond prontamente se colocou em pé. – Alguns soldados rasos fizeram uma armadinha...

– Não importa como foram capturadas, a questão é que elas são prisioneiras agora! – Baldwin o interrompeu, levantando também. – O que nós vamos fazer?

– Armadilha?! – Desmond repetiu, boquiaberto. – Como sabiam que elas estavam lá?

– Não sei, senhor. Mas de alguma forma, eles sabiam!

– E você viu tudo isso e não fez *nada?!* – Baldwin interveio, brigando com o mensageiro e mudando o rumo da conversa.

– Senhor, eu era apenas *um* em meu posto... todos os outros foram convocados a trabalhar na colheita... não tenho treinamento de soldado... os inimigos estavam em seis...

– Certo, certo. – Desmond interrompeu. Ele colocou a mão na testa. De repente, sentia uma dor de cabeça terrível. – Vamos resgatá-las! Monte uma equipe de busca. Tragam armas, e nossos melhores combatentes.

A sala ficou em silêncio. As pessoas olhavam umas para as outras, esperando que alguém reagisse. Foi Calvin Baldwin quem pigarreou, para tomar a palavra.

– Desmond, meu jovem... A Resistência é movida pela *igualdade* entre os homens.

– Sim, senhor. – Desmond respondeu, sem pensar.

– Por isso digo que não devemos enviar um grupo de resgate para Marian.

– Como não?! Ela é nossa líder! Precisamos dela!

– Também precisávamos dos seis desaparecidos do Pico Azul. Mesmo assim, você os abandonou para morrerem congelados!

– Eu?! Mas foi o senhor que disse...

– Desmond, você não pode colocar seus desejos pessoais na frente das necessidades da Resistência!

Todas as cabeças no recinto, exceto as de Desmond e Dharon,

balançaram em concordância. "Necessidades da Resistência!", Desmond pensou, "por que sempre colocamos a Resistência antes das pessoas?" Seus pulsos estavam cerrados, as sobrancelhas comprimidas.

– Meu marido estava no Pico Azul – uma mulher falou. – Para mim, ninguém no mundo é mais importante do que ele.

– Meu filho também estava lá – disse outro.

– Nós não resgatamos meu avô, por que deveríamos resgatar Marian e uma menina de Vulcannus?

Várias vozes se seguiram, de pessoas tristes, ansiosas, nervosas, todas pareciam conhecer alguém que estava no Pico Azul. Todas pareciam querer vingança.

– Desmond, você precisa tomar uma decisão racional. – Baldwin voltou a falar, abafando todas as outras vozes. – É isso que Marian espera de você.

Desmond abaixou a cabeça, não sabia se sentia tristeza ou ódio. Marian estava presa. Ele precisava deixá-la e se concentrar na batalha iminente. Não tinha nada que pudesse fazer. Como ele tinha deixado tudo aquilo acontecer? Se ao menos não tivesse enviado Marian a Amitié...

– Está decidido, então. – ele falou baixinho, e todos fizeram silêncio para ouvi-lo. – Continuaremos com os preparativos para a batalha. Pensaremos no resgate de Marian quando os problemas por aqui estiverem resolvidos...

Um som de concordância percorreu toda a sala. Mas não ia ser tão fácil. Quando todos se preparavam para voltar a seus afazeres, Dharon se levantou.

– Eu não aceito isso! – ele disse, em alto e bom tom. – Minha amiga também está lá! Eu não vou abandonar a Aisling como você está fazendo com a Marian!

– Dharon, entenda... quero ir, mas precisam de mim aqui! – Desmond protestou, descontrolado.

Eles se encararam por um tempo. A sala estava em silêncio, exceto por Calvin Baldwin, que repetia insistentemente:

– O que esse garoto faz aqui? Ele nem é um dos nossos, levem-no embora!

– Desmond, eu entendo que você tem obrigações a cumprir. – Dharon prosseguiu, após uma longa pausa. Sua voz soava tranquila, destoante dos esbravejos de Baldwin. – Mas eu não tenho. Dê-me uma espada e meu velho cavalo Bainho. Vou partir. – dizendo isso, Dharon se dirigiu à porta da sala.

– Detenham-no! – Baldwin gritou. – Ele não pode fazer esse resgate sozinho! Está doente, vai morrer!

Algumas pessoas se colocaram no caminho de Dharon, impedindo-lhe a passagem. Ignorando Baldwin, ele se virou novamente para Desmond, e lhe dirigiu a palavra.

– Eu não sou um dos seus. Também não sou prisioneiro aqui. Eu sou um convidado. *Con-vi-da-do.* Sou um homem livre, posso ir à hora que quiser. E quero ir agora.

– Ele está certo, é um convidado – Desmond falou a todos. – Deem a ele uma boa espada e deixem que parta.

– O quê? – Baldwin se admirou. – Eu sabia! Eu sabia que mais cedo ou mais tarde esse moleque ia mostrar sua verdadeira face!

Ignorando os gritos de Baldwin, os que impediam a passagem logo deram licença, e Dharon saiu para o saguão de entrada da fortaleza, em direção à grande porta que dava para fora. Baldwin ainda protestava.

– A doença dele está afetando os miolos! Esse rapaz perdeu o juízo, perdeu o medo da *morte!*

Enquanto via a figura austera de Dharon se distanciar, Desmond sorriu, e respondeu Calvin Baldwin com alegria.

– Esse rapaz nunca sentiu medo da morte.

■

Dharon se afastava da fortaleza, montado em Bainho. Trazia um manto de couro de cabra sobre os ombros, uma bela espada de metal presa ao cinto. O mensageiro já tinha lhe dado as coordenadas.

Já ao longe, se virou para admirar a grande construção de pedra, e suas incontáveis casinhas espremidas umas contra as outras. Um vento frio cortou seu rosto, enquanto ele ergueu a cabeça para o céu.

– Mestre, custe o que custar... eu vou cumprir o que prometi tantos anos atrás. Vou salvar a Aisling, e vou salvar também a amiga de Desmond. Mas não vou precisar ser um Furioso para fazer isso.

Capítulo 20
O General

Inúmeras tendas se aglomeravam na base de uma montanha, formando o acampamento do Exército de Hynneldor. Umas eram grandes, outras pequenas, algumas eram vazadas dos lados, e serviam apenas para guardar armamentos. Uma bandeira com o brasão de Hynneldor tremulava ao lado de uma grande fogueira. Alguns soldados se aqueciam ali, enquanto dois ou três vigiavam o acampamento. Havia homens e mulheres ali, a maioria parecia ter mais de cinquenta anos, afinal, todos sabiam, os mais velhos tinham uma facilidade maior em dominar o poder do vento.

Ao centro do acampamento, a maior de todas as tendas parecia ter luz própria; com certeza era a tenda do general, com uma bela lareira improvisada. E, mais ao longe, num canto frio e desolado, entre uma tenda e outra, Aisling e Marian estavam amarradas a uma pesada tora. Elas estavam encolhidinhas e pareciam sentir muito frio. A noite já tinha caído, e estava começando a nevar.

Dharon observava tudo à distância, perto do lugar onde tinha escondido Bainho. Entrar lá não seria uma tarefa fácil, ele teria que neutralizar um ou dois guardas. O lado bom é que eles não pareciam esperar uma invasão. Ele puxou o capuz por sobre a cabeça e retirou a espada da bainha. Começou a andar por entre os pinheiros, sem pressa, usando as sombras para se esconder.

Aisling estava sentada na neve fria, pernas e braços encolhidos junto ao corpo, ela se agarrava como podia a seu manto de pele de cabra, para tentar afastar o frio. A cabeça estava baixa e ela não notou as mudanças no ambiente.

Marian, por sua vez, apesar de estar tanto com as mãos quanto com os pés amarrados, já estava mais acostumada ao frio, e continuava alerta a tudo. Ela foi a única a perceber quando um dos sentinelas desapareceu misteriosamente. Os demais soldados continuavam com seus próprios afazeres, ou contando histórias de guerra em volta da fogueira.

Marian sabia que alguém tinha vindo ajudá-las. Sentiu o rosto quente ao imaginar a equipe de resgate que Desmond devia ter destacado para a missão. Só guerreiros de linhagem nobre, bravos combatentes e magos do vento. Foi uma decepção quando conseguiu definir Dharon caminhando furtivamente de uma tenda a outra, em sua direção. Sozinho.

Mas, de repente, ele parou. Se encostou em um canto e ficou ali, imóvel, tentando passar despercebido. A decepção de Marian tinha sido tão grande que ela nem percebera que as conversas na fogueira tinham cessado, e um soldado se aproximava por outro lado.

– Levantem! – ele gritou a Marian e Aisling. – O general quer vê-las.

Sem esperar que elas obedecessem, o soldado puxou Aisling pelo braço, colocando-a em pé, e saiu puxando Marian pelo manto, arrastando-a na neve, já que ela não conseguia andar com as pernas amarradas. Ele levou as duas por entre as tendas, até a maior, no centro do acampamento. Entrou, deixou-as ali e saiu.

Foi um alívio para as duas, sair da neve gelada para o conforto de uma tenda fechada e aquecida. Por dentro, a tenda tinha suas divisórias, de tão grande que era, sendo que elas aguardaram sozinhas, enquanto o general não aparecia.

Ali havia poltronas confortáveis, mesas forradas de couro de animais e apinhadas de mapas incompletos, objetos pessoais, uma lareira. Aisling esperou em pé; Marian foi deixada no chão, mas logo deu um jeito de ficar em pé também, e reivindicar o pouco de dignidade que ainda lhe restava.

– Marian, Marian... – o general surgiu por uma fenda interna, trajando um belo casaco de pele de cervo. – Você vive me colocando em situações complicadas, não é mesmo?

– Há quanto tempo, general! É bom revê-lo.

O general fez uma cara de nojo, e continuou seu monólogo.

– Terei problemas em livrá-la dessa, Marian. Como você pôde se deixar capturar por um mero grupo de reconhecimento? E ainda por cima, levando uma garota com você... Na verdade... – o general se aproximou lentamente de Aisling e a segurou pelo queixo, obrigando-a a levantar a cabeça. – Acho que a conheço de algum lugar, mocinha... A pistiro vai gostar de vê-la... – então a largou. – Bom, cuidarei de você depois.

O general estava muito cheio de si. Seus gestos pareciam ocupar todo o ambiente, enquanto ele se regozijava de ter Marian em suas mãos.

– Marian, Marian, Marian... – repetiu. – Eu alertei a Resistência. Eles não deviam ter escolhido uma mulher como líder... Uma mulher jovem e *aleijada* como você! Mal consegue correr, quando está sem um cavalo...

– E seus soldados tiveram que *amarrar* minhas pernas! – Marian riu, com sarcasmo.

– Uma mulher aleijada – ele começou a falar mais alto. – E o segundo em comando é o imprestável de um filho de um soldado de Vulcannus. Que piada! Não me deram ouvidos, mas logo vão descobrir que isso tudo foi um erro.

Aisling assistia à conversa com os olhos arregalados. O general logo percebeu, e se calou para deixar que ela exclamasse:

– O senhor é membro da Resistência?!

O general deu uma bela gargalhada. Que menina bobinha, não sabia de nada! E ele estava adorando aquilo.

– O que faço com vocês duas? – ele se perguntou, com uma falsa preocupação. – Devo libertar você, Marian?

– Esta seria uma boa oportunidade de provar que você ainda é fiel aos interesses da Resistência, general. – A mulher respondeu.

– Tem razão, seria mesmo... – o general deu as costas às duas e foi até uma mesa, onde pegou um cachimbo e o acendeu enquanto continuava seu discurso. – Eu solto você, e depois digo aos meus comandados que uma mulher manca, amarrada e desarmada conseguiu me render e escapou... – ele fez uma pausa dramática antes de virar de novo para Marian e prosseguir. – Eu acho que não!

Marian respirou fundo, mas continuou de queixo levantado. O general fumava seu cachimbo tranquilamente, e soltava nuvens de fumaça acinzentada no ar.

– Imagine, Marian... Eu, o General de Hynneldor, ser derrotado de forma humilhante, por um adversário tão inferior... É claro que ninguém acreditaria! Por outro lado...

O general deixou o cachimbo de volta em cima da mesa, e caminhou até a fenda por onde tinha surgido antes. Voltou trazendo uma espada.

– Por outro lado, eu poderia matá-la. Quanto tempo será que o inútil do Desmond aguentaria a pressão da liderança? Sem você, ele logo desistiria... – ele continuava falando, enquanto admirava o fio recém-amolado da espada, que tremeluzia à medida que as chamas dançavam na lareira – Então, com certeza meu irmão seria nomeado líder. Uma escolha muito mais acertada, é claro.

– Não tenha tanta certeza disso. – Marian interrompeu, calmamente. – Tenho certeza de que Desmond aguentaria firme.

Seu irmão jamais será líder da Resistência! Muito menos você, General Charles Baldwin.

■

Não longe dali, Olwyn e Yorath estavam montados em seus cavalos. O acampamento do exército de Vulcannus estava muito mais alerta. Soldados corriam de um lado para outro, preparando armas e equipamentos, sentinelas estavam a postos, rondas eram feitas de meia em meia hora. Os dois tenentes estavam tendo uma discussão, enquanto admiravam, ao longe, a Fortaleza da Resistência.

– Olwyn, nossa missão só estará completa quando regressarmos a Birendra em posse do mapa. – Yorath já estava cansado de repetir isso.

– Tenente Yorath, não pense que pode me dizer o que fazer. Sou eu quem está no comando, e minha decisão está tomada. Atacaremos ao meio-dia.

– Ao meio-dia? Se é para atacar, por que não fazemos isso agora? Tenho certeza de que o inimigo não está pronto pra se defender!

– Meio-dia é mais quente, estaremos mais fortes. Se quiser, você pode, hum... dormir até lá.

Yorath estava cansado de discutir. Não adiantava dizer nada, a tenente era cabeça-dura. Deu meia-volta com o cavalo e voltou para o centro do acampamento, deixando-a admirar a descoberta sozinha.

Entretanto, não foi dormir, como Olwyn sugerira. Em vez de ir à grande tenda que os dois dividiam, desviou de seu caminho, em direção a uma pequena tenda listrada. Lá dentro, um lampião tremeluzia, enquanto Hart rabiscava um pergaminho.

– O mapa está pronto? – o tenente perguntou.

– Quase, senhor...

– Quando terminar, me avise imediatamente. Não fale a mais ninguém sobre isso. Eles vão atacar a fortaleza, mas nós dois fomos incumbidos de retornar a Birendra.

– Sim, senhor.

■

Na Fortaleza, todos estavam alvoroçados. Desmond gritava com as pessoas, ordenando-lhes que terminassem de estocar os alimentos, que se agasalhassem melhor, que mandassem as crianças entrar na fortaleza, que se armassem.

– Desmond, senhor, trago uma mensagem da Montanha...

– Fala logo, ou eu corto sua língua! – Desmond interrompeu o mensageiro, com um berro impaciente.

– É que... temos algum tempo antes do ataque de Vulcannus. Eles não se organizaram ainda.

– Graças a Zyria! – Desmond suspirou. – Vamos conseguir nos preparar pra batalha!

– Ainda bem que não dividimos todo nosso contingente em equipes de busca... estaríamos com problemas agora! – o conselheiro Calvin Baldwin surgiu colocando a mão no ombro de Desmond.

Desmond não respondeu, apenas se desvencilhou de Baldwin e foi embora dali, dando-lhe as costas. Sentia uma ira indescritível. De alguma forma... por algum motivo... ele sabia que o velho senhor o tinha manipulado. Mas ninguém mais parecia perceber. Será que Marian já tinha sofrido do mesmo mal?

Mas não era hora de brigar. Assim como todo o resto da Resistência, Desmond precisava se preparar para a batalha.

■

– Você não acha que está confiante demais, pra alguém em situação tão delicada? – o general, irmão do conselheiro Calvin Baldwin, estava se divertindo com a situação.

Marian continuava impassível. Não importava as ameaças que recebesse, ela não se sentia intimidada. Ou, pelo menos, não deixava transparecer. Aisling, pelo contrário, estava desesperada. As engrenagens de sua cabeça trabalhavam à toda para compreender tudo o que estava acontecendo. Como poderia um membro da Resistência dizer todas aquelas coisas a sua líder?

– Por que você faz isso? – a menina perguntou ao general, desolada. – As pessoas da Resistência... elas *confiam* no seu irmão, e com certeza confiam no senhor também! Isso tudo é um... *desperdício!* Você está jogando fora a amizade de todas essas pessoas. Você é um... é um...

– Tudo bem, Aisling – Marian a consolou. – Logo a Resistência vai estar livre dessa *maçã podre.*

– Maçã podre? – o general franziu a testa e deu um sorriso zombeteiro. – Certo, Marian, você fez a sua escolha!

Em um movimento rápido, ele se aproximou e deu uma joelhada na barriga de Marian, que se contorceu e caiu de joelhos. Então ele ergueu a espada, pronto para desferir um golpe mortal.

– Marian! – Aisling gritou, e se jogou sobre ela.

– Sai, Aisling! Não consigo me mover! – Marian gritou.

Por um momento, o general observou a cena, ainda com a espada em punho. Ele deu um sorriso de canto de boca e se dirigiu a Aisling com malícia na voz.

– Menina, a recompensa por você é viva... Mas se você prefere morrer junto com Marian, ficarei satisfeito em matar as duas de uma vez só!

– Por favor, *pare!* – Aisling gritou para o general. Ela estava sobre Marian, servindo-lhe de escudo. Estava disposta a defendê-la com sua própria vida. – Ela não merece isso!

– Você também fez a sua escolha! – ele gritou, e sua espada cortou o ar como uma águia. Aisling fechou os olhos com força, desejando, de todo coração, que o general mudasse de ideia. Mas ele lançou um ataque determinado.

Antes, porém, que a espada atingisse o alvo, um som de metal se ouviu na tenda. Ao abrir os olhos, Aisling se assustou ao ver Dharon ali, entre ela e o general. As espadas dos dois estavam cruzadas, enquanto eles disputavam forças.

– Finalmente! Pensei que você nunca sairia do seu esconderijo! – o general tentou provocar Dharon.

– Então você sabia que eu estava ali? – Dharon respondeu com um sorriso de desafio. Com um movimento de espada, empurrou a do general com a ponta para o chão, e ele foi obrigado a dar um passo para trás e se recompor, antes da investida de Dharon.

Sons metálicos se seguiram enquanto as espadas se chocaram diversas vezes. Com os movimentos dos dois, muitos dos papéis que estavam sobre a mesa foram ao chão, garrafas de barro se quebraram, derrubando bebida, cortes se fizeram na lona que cobria a tenda.

– Sempre soube – disse o general –, mas tive que ameaçar a sua namoradinha pra você se revelar!

A frase do general foi seguida de um soco no rosto de Dharon, que se desequilibrou e esbarrou numa mesa, tombando-a e derrubando tudo o que estava em cima. Vários mapas caíram próximo à lareira, e incendiaram-se.

– Dharon! – Aisling gritou, levantando-se de um pulo. O general estava agora de costas para ela, e Dharon podia ser visto mais adiante.

Com um movimento de espada em sentido vertical, o general golpeou a arma de Dharon com força tremenda, derrubando-a de sua mão. O rapaz o encarou com coragem, enquanto ele estava prestes a desferir o golpe final. Ergueu a espada sobre a cabeça e...

Livre de Aisling, Marian apoiou as mãos no chão, e sobre

elas jogou todo o peso do corpo. Então, com toda sua força, impulsionou-se no sentido contrário, dando um chute com as solas dos dois pés, na parte de trás do joelho do general.

Surpreendido com o golpe inesperado, o general cambaleou para frente. Marian logo estava em pé, deu um pulo e jogou os braços por sobre a cabeça do homem, em torno de seu pescoço, e apertou com força, estrangulando-o. Como ela não era tão alta quanto ele, ficou pendurada em suas costas, os pés suspensos no ar.

O general endureceu o pescoço e deixou a espada cair no chão. Com uma mão, agarrou o couro cabeludo de Marian, com a outra, puxou seu braço. Ia puxá-la por cima de seu ombro e jogá-la de costas no chão, mas Dharon previu o movimento e lhe deu um chute no estômago. Foi a oportunidade perfeita para Marian o empurrar para o chão e prendê-lo com firmeza.

O fogo logo se alastrou dos mapas para a bebida derramada por todo o lugar, e para a lona que formava as paredes e cobertura da tenda. Enquanto isso, o general lentamente parou de se mover.

– Pare! – Aisling gritou. – Vai matá-lo!

Marian a encarou com indignação, afinal, matá-lo era o objetivo; e não afrouxou o braço. Dharon recolheu sua espada do chão, e a usou para cortar as cordas que ainda prendiam as mãos de Aisling e as pernas de Marian.

– Pare! – Aisling repetiu, e puxou o braço de Marian, tentando fazê-la soltar o general. – Você não precisa fazer isso!

Contrariada, mas de alguma forma convencida, Marian o soltou. Ainda encarava Aisling, incrédula. O general ficou ali, caído no chão, sem sentidos. Dharon aproveitou para cortar também as amarras das mãos de Marian.

– Como conseguiu fazer tudo isso estando amarrada? – Dharon perguntou baixinho, enquanto embainhava a espada, mas não obteve resposta.

Marian virou a cara bruscamente e caminhou até a entrada da

tenda. Espiou para fora, preocupada. Estranhava o fato de nenhum soldado ter surgido durante o combate.

– Não se preocupe com as sentinelas – disse Dharon – já tomei conta delas.

Lá fora, podia-se ouvir o som de soldados que ainda conversavam animados, as vozes já alteradas pelo consumo de bebida.

Aisling também se aproximou da saída, fugindo da fumaça que se formava ali dentro, e os três estavam prontos para se esgueirar para fora dali, antes que alguém notasse o incêndio. Porém, antes que saíssem da tenda, Marian encarou Aisling mais uma vez, e estava cheia de ódio quando falou:

– Isso é uma *guerra!*

Então voltou para perto do general, com passos decididos. Apanhou a espada que ainda estava no chão e, sem hesitar, a fincou no joelho esquerdo do homem indefeso. Ele acordou assustado, e deu um urro aterrador.

– Vamos ver agora, quem é o *aleijado!* – Marian gritou, e imediatamente Dharon a pegou pelo pulso e arrastou para fora, sendo seguido por Aisling.

Teve início uma grande agitação no acampamento. Todos os soldados que estavam próximos à fogueira se levantaram e foram em direção à tenda do general. Alguns viram Dharon, Aisling e Marian fugindo. Eles pensaram em persegui-los, mas as chamas já se alastravam por toda a tenda do general, e pelas que estavam próximas, e todos acabaram recuando, para resolver primeiro este problema.

– Douce! – Aisling a avistou amarrada do outro lado do acampamento, e fez menção de ir resgatá-la.

– Nem pensar! *Corre!* – Dharon esbravejou. – Deixe a égua!

Quando os soldados encontraram o general, logo o carregaram para fora da tenda em chamas. Constrangido, porém dominado pelo ódio, ele segurou com firmeza a espada que estava fincada em seu joelho e a puxou para fora. Muito sangue jorrou enquanto ele se pôs em pé.

Dharon estava correndo para longe, Aisling ao seu lado. Ele deu um longo assovio e torceu para que Bainho, mesmo já estando um pouco surdo devido à idade, ouvisse em meio à confusão. Quando olhou para o acampamento inimigo, estremeceu: Marian tinha ficado para trás.

Ela vinha correndo o mais rápido que podia, mas não era o suficiente. Mancava, como sempre, e a qualquer momento um soldado poderia alcançá-la. Dharon gritou para Aisling que continuasse a correr, e voltou para ajudar Marian.

O general observou a cena com satisfação e sede de vingança. Mancou lentamente em direção a eles, e ergueu a mão direita. Os flocos de neve que caíam do céu se agitaram, enquanto o vento fazia um movimento incomum. E após alguns segundos, o general segurava uma enorme lança feita de vento, porém muito densa e impecavelmente afiada.

– Não vai escapar! – ele falou com crueldade, e arremessou a lança mágica em direção a Marian.

Marian corria o mais rápido possível, Dharon vinha em sua direção. Ele ia ajudá-la a correr, ia levá-la pela mão. Ela esticou a mão para alcançar a dele, estavam cada vez mais próximos... Quando finalmente iam se cruzar, Dharon a empurrou com força, e ela caiu na neve.

Estatelada no chão e sem entender nada, ela olhou para ele e levou as mãos à boca. Dharon havia sido atravessado por uma longa lança. A lança feita de vento sólido o tinha acertado na barriga. Inesperadamente, ela se dissipou como névoa ao amanhecer, e o sangue começou a jorrar. Dharon caiu de joelhos, e em seguida perdeu as forças e desmontou sobre o chão.

– Não! – Aisling gritou e correu até ele. – Dharon, Dharon!

– Ela se ajoelhou ao lado dele, e o puxou para seu colo. A alva neve ao seu redor estava manchada de sangue. Mas o sangue não era vermelho. Em vez disso, exibia um forte tom de roxo.

– O veneno da salamandra! – sussurrou Marian, hesitante.

O general continuou andando até eles, lentamente. O sangue quente escorria de seu joelho, mas, apesar de andar com dificuldade, parecia não sentir dor. Ria desvairadamente.

– Eu nunca vou te perdoar! – Aisling gritou para o general. – Você não presta! Você não liga pro sentimento das pessoas, não conhece a amizade, sinceridade, lealdade!

Enquanto gritava, Aisling derrubava lágrimas involuntárias. Marian, por sua vez, se pôs em pé. Apesar de desarmada, enfrentaria o general e seu exército inteiro, se fosse preciso. Jamais se entregaria.

Tudo isso fazia o general rir com ainda mais vontade, enquanto alguns soldados assistiam à cena. Ele estava completamente louco.

– Você é um covarde! – Aisling continuava gritando. – Você é um... é um... Você é um TRAIDOR!

As palavras de Aisling soaram tão fortes e tão determinadas, que o vento parou de soprar. Toda a neve que caía cessou, e a palavra "traidor" pareceu ecoar pela montanha.

Traidor... traidor... traidor... Na verdade, ela realmente estava ecoando. Mas não era a voz de Aisling que se ouvia de um pico a outro. Era uma voz arranhada, feroz.

Douce se agitou nas amarras. Ela começou a pular, assustando quem estava por perto. Lutou bravamente contra as cordas, que acabaram por ceder. Então seu pelo se eriçou. Ela começou a relinchar descontroladamente, enquanto corria em direção a Aisling.

Seu pelo cresceu e perdeu a cor. À medida que corria, sua coluna se tornou flexível, e a velocidade aumentou. Os relinchos se transformaram em rosnados aterradores, os cascos das patas deram lugar a dedos com fortes garras. Seu corpo inteiro se transformou, e a sela não mais resistiu, quebrando na altura da fivela e caindo pelo caminho.

Aisling poderia ter ficado com medo, mas não ficou; Marian deu um passo para trás. Quando chegou até elas, Douce era uma gigantesca loba, alva como a neve. Posicionou-se entre elas e o general e, dentre rosnados ferozes que deixavam suas presas à mostra, pôde-se distinguir a única palavra que sua espécie era capaz de pronunciar:

– Traidor...!

O general não teve tempo de correr. A loba deu um salto e o atingiu em cheio. Sua vida chegava ao fim. Os soldados abandonaram o acampamento e fugiram para todos os lados, sem olhar para trás.

A lenda era realidade, afinal.

Capítulo 21

A Batalha pela Fortaleza

Após encerrar a vida do General Charles Baldwin, Douce voltou calmamente até Aisling, e se abaixou diante dela. Seus olhos de loba eram acinzentados, e suas garras agora estavam retraídas e escondidas em meio a seu pelo.

– Uau! Onde você *comprou* esse cavalo?! – perguntou Marian, boquiaberta.

– Precisamos levar Dharon daqui! – Aisling disse a Douce, que levantou e correu rapidamente até uma área de floresta ali perto. Marian assistia a tudo, maravilhada.

– Aisling, desde quando você monta essa égua?! – Marian insistiu.

– Conheci a Douce pouco depois de escapar da salamandra.

– Então é óbvio! Desde o início achei estranha essa história da salamandra longe dos vulcões, mas agora tudo se explica! Ela é o Flagelo dos Lobos! Deve ter sentido a presença da Douce, e estava ali para caçar! – nesse momento, a loba reapareceu. Vinha acompanhada por Bainho. – Mas... o que a loba estava fazendo longe das montanhas?

Aisling não estava interessada em filosofar sobre os acontecimentos. Sua única preocupação, no momento, era Dharon, que jazia inconsciente em seu colo. Ela precisou insistir para que

Marian voltasse sua atenção ao presente e montasse em Bainho.

– Leve Dharon com você, para a Fortaleza. – a garota pediu.

– Esse cavalo já é velho, não aguenta nós dois.

– Você não *imagina* o que o Bainho aguenta... – a menina disse, empurrando Dharon para cima do cavalo, e logo recebendo ajuda de Marian. O rapaz sangrava muito. Precisava de cuidados, e o único lugar por perto onde poderia receber tratamento era na Fortaleza.

– E você? – Marian perguntou.

Aisling olhou ao redor. Douce estava mais uma vez abaixada ao seu lado.

– Estou segura, pode ir!

Já montada em Bainho e segurando Dharon consigo, Marian saiu em disparada. Aisling a observou se afastar, antes de olhar em volta. Não se via inimigo algum, todos que sobreviveram tinham corrido o mais rápido que podiam, para fora do domínio das montanhas. Estava sozinha com Douce.

O acampamento estava um desastre! Tendas destruídas, armas derrubadas no chão, mantimentos abandonados. O fogo da tenda do general tinha sido completamente apagado, mas uma fina linha de fumaça ainda se erguia até o céu.

Então observou Douce por um momento. Que animal incrível! Ela estava mansa e retribuía o olhar de Aisling com tranquilidade. Mesmo abaixada rente ao chão, a loba ainda era maior que a garota. Aisling passou a mão sobre o pelo macio, e caminhou até ficar ao seu lado. Segurando-se em seus pelos, montou sobre suas costas.

– Eu sei que você sabe o caminho, garota. Vamos lá!

Douce se levantou e começou a correr. Aisling sentia os músculos das costas da loba se movendo enquanto a velocidade aumentava, mas não teve medo. As duas se moviam como se fossem uma só. Um vento delicioso acariciou seu rosto e despenteou seu cabelo, e Aisling sentiu como se estivesse voando!

Moviam-se muito rápido, e Aisling ficou imaginando se alcançariam Marian. Agora Douce se movia com muito mais agilidade e não se prendia mais às trilhas dos cavalos. Assim, ela tomou outro caminho, que ora cruzava com estradas, ora corria por matagais e trilhas estreitas margeadas por abismos.

Foi num cruzamento que, inesperadamente, a loba parou. Olhando para uma curva na estrada, fincou as presas no chão coberto de neve e pôs os afiados caninos à mostra em um breve rosnado. Seus sentidos apurados haviam captado alguma coisa. Um som, um cheiro, ou algo que, para Aisling, era invisível.

Após minutos de preocupação, ali surgiu um cavaleiro. Ele trajava o uniforme do Exército de Vulcannus, com duas estrelas no peito. Ao ver a enorme loba em seu caminho, sacou a espada.

– Traidor...! – rugiu Douce.

– O quê? – o tenente se admirou. – Saia do meu caminho!

Aisling assistia a tudo apreensiva, e talvez não tivesse intervindo, caso não visse o jovem rapaz sentado na garupa do cavalo. Ele tinha o cabelo castanho quase laranja e uma expressão assustada no rosto cheio de espinhas.

– Hart! – Aisling o reconheceu.

– Aisling? – ele respondeu com voz chorosa. – Eu quero ir embora... – disse entre um soluço e outro – nunca quis estar aqui...

– Douce, ele é meu amigo!

– Vou levar seu amigo pra um lugar seguro! – o tenente disse à menina. Apesar de estar tirando proveito da inesperada amizade entre os dois, o que ele dizia não era de todo mentira.

– Deixe que passem, Douce.

Lentamente, o tenente cruzou por elas, ainda empunhando a espada. Na garupa de seu cavalo, Hart tremia de medo. Após saírem do campo de visão da loba, correram o mais rápido que podiam.

■

– Oh, Zyria! Amável, fiel e justa Zyria! – Marian repetia, desolada. Havia lágrimas em seus olhos, temor em sua voz. Ela estava observando a Fortaleza ali perto há alguns minutos, quando Aisling finalmente a alcançou.

– Oh, não! – foi tudo o que conseguiu dizer.

Metade das casas da Resistência ardia em chamas, que se uniam em uma única e gigante pira; um rastro de fumaça tingia o céu de negro e podia ser visto à distância. Gritos e sons de metal e de explosões ainda eram ouvidos, o que significava que a batalha ainda não tinha chegado ao fim.

Apesar disso, não havia sinais de invasão na muralha, tampouco o portão havia sido destruído. Por incrível que pareça, ele estava completamente aberto, como se alguém lá de dentro tivesse convidados os soldados de Vulcannus a entrar.

– Aisling, tome. – Marian parou ao lado dela e, com esforço, transferiu Dharon de seu cavalo para a enorme loba que Aisling montava. O sangue roxo ainda escorria de seu abdome em abundância. – Me desculpe, não há nada que eu possa fazer por ele agora.

Dizendo isso, Marian puxou a espada que Dharon levava presa ao cinto e olhou novamente para a cidade. Então acariciou Bainho com ternura, e ele respondeu com um relincho baixinho.

– Vamos ver se esse velho cavalo aguenta uma boa batalha! – e sem perder mais tempo, disparou em direção à Fortaleza.

À medida que se aproximava, viu a situação com mais clareza: as perdas sofridas eram incalculáveis! Muitos mortos, feridos... sem contar a destruição de casas, plantações, instrumentos... A Fortaleza era o caos, a cidade que existia dentro de suas muralhas estava em ruínas!

Alguns poucos homens ainda se mantinham em pé,

defendendo a entrada da grande construção de pedra que era o coração da Fortaleza. Lá dentro, muito provavelmente mulheres, velhos e crianças aguardavam o resultado da batalha, orando por suas vidas e de seus valentes homens que enfrentavam o exército de Vulcannus com coragem.

Os soldados da Resistência ainda eram muito mais numerosos que os soldados de Vulcannus, mas tinham menos preparo, menos poder mágico, e por isso ainda levavam a pior. Mesmo sabendo disso, Marian continuou seu galope. Cruzou sem medo a parte incendiada da cidade, e logo percebeu que os soldados de Vulcannus estavam confiantes demais e não notaram sua presença.

Sem remorso, rumou em direção a um soldado que se gabava da destruição e ria triunfante, e o golpeou com a espada. Ele nunca mais riria.

Os demais soldados se alarmaram com o ataque e revidaram. Rajadas de fogo vieram de tantas direções que Marian nunca soube dizer qual a acertara primeiro, derrubando-a do cavalo. Os soldados da Resistência aproveitaram a oportunidade para desferir alguns golpes. Dentre eles, estava Desmond.

A batalha se estendeu por mais tempo. Um a um, a Resistência perdia seus combatentes. A cada momento eles se viam mais encurralados, a derrota era inevitável. Apesar disso, ninguém se rendeu. Eles defenderiam a Resistência, nem que lhes custasse a vida.

– Ah, não! – Aisling se aproximou cautelosamente, para descobrir o que estava acontecendo. – Douce, vamos perder! Precisamos fazer alguma coisa!

Como que entendesse cada palavra da menina, Douce respirou fundo, e então entoou um uivo longo e muito alto, diferente de tudo que já se ouviu. Nesse momento todos os soldados notaram a presença das duas.

– Aisling, corra! – Desmond gritou, aterrorizado por vê-la

ali, em pleno campo de batalha.

Um dos soldados de Vulcannus imediatamente lançou uma poderosa esfera de fogo na direção da menina. Mas antes que ela fosse atingida, a esfera bateu em uma parede invisível e se dissipou. Douce fungou e deixou claro a todos o poder de sua magia.

– FUJA! – Desmond e Marian gritaram em coro. Os dois, assim como os demais soldados que ali estavam, tinham motivos de sobra para lutar até a morte. Mas Aisling, uma jovem garota que nada tinha a ver com aquela guerra, e seu amigo Dharon, que em seu colo jazia inconsciente, não, eles não deveriam estar ali.

A Tenente Olwyn se adiantou para enfrentar a menina e sua grande loba. Elas, entretanto, permaneceram paradas e não pareciam representar perigo real. Olwyn correu em direção a elas, uma grande espada flamejante erguida em posição de ataque.

Douce continuou parada, Aisling impassível sobre seu lombo.

Quando Olwyn já estava muito próxima, Aisling ouviu sons de passos vindos de suas costas. Ao olhar para trás, se surpreendeu com um lobo cinza, ainda maior que Douce, que saltou por cima dela, caindo com as garras sobre Olwyn.

Olwyn caiu no chão sob o peso do lobo e suas garras fatais, e sua espada mágica se desfez. Enquanto isso, Aisling percebeu que o lobo também possuía um cavaleiro. Era um homem bastante peculiar: a cor de sua pele era um branco gélido, e seu cabelo era cinza-claro. Ele vestia uma roupa simples, feita de peles de animais, que deixava os braços à mostra, e pés descalços. Apesar da grossa camada de neve que cobria a montanha, ele parecia não sentir frio.

Ele olhou para Aisling, que pôde ver seus olhos acinzentados como os de Douce, e em seguida olhou para as montanhas ao redor, além das muralhas da Fortaleza.

Lá em cima, bem no topo, e por todos os lados, surgiram inúmeros lobos, centenas deles. Alguns eram montados por cavaleiros brancos, outros vinham sozinhos. Tão claros que se confundiam com a neve, desceram as montanhas num ritmo alucinado, e em poucos minutos chegaram ali.

Os lobos avançaram com ferocidade sobre os soldados de Vulcannus, e derrubaram um por um. Os soldados da Resistência apenas observaram, chocados e receosos. Os lobos os evitavam, buscando sempre os alvos certos, os invasores.

Quando, enfim, não sobrou um único soldado de Vulcannus em pé, alguns lobos e cavaleiros das neves também haviam sido abatidos. Pesarosos, os sobreviventes recolheram os corpos dos seus, e partiram tão rápido quanto surgiram.

A partida dos lobos deixou para trás alguns minutos de silêncio por parte dos combatentes. Estavam completamente confusos, extasiados. Não compreendiam o motivo da intervenção, mas de uma coisa tinham certeza: os inimigos caíram, e eles já podiam largar as espadas e voltar correndo para suas famílias. Um grito de vitória, e todos se abraçaram.

– O que aconteceu aqui? – após abraçar Desmond, Marian lhe perguntou com um sorriso. Ele fechou o cenho ao responder:

– Baldwin nos traiu. Ele abriu nossas defesas, e depois fugiu.

– Típico. Nem sei por que perguntei!

Um uivo se ouviu ao longe, de algum lugar nas profundezas da Grande Cordilheira, e as pessoas fizeram silêncio. Douce mexeu as orelhas, reconhecendo o chamado e se abaixou, rente ao chão. Aisling sabia que era a hora de dizer adeus.

A menina entregou Dharon a Desmond, que já estava ao seu lado, e saltou sobre a neve. Seu olhar se cruzou com o da loba, que piscou lentamente, e como resposta recebeu um afago em seus pelos. Em seguida Douce se levantou e correu em direção à saída da Fortaleza. Antes de cruzá-la, porém, olhou para trás e deu um uivo de adeus.

– Obrigada. – Aisling respondeu, e as lágrimas rolaram de seus olhos mais uma vez.

■

– Como ele está? Já posso vê-lo? – Aisling perguntou, ansiosa.

Vários cômodos da enorme fortaleza estavam agora ocupados por curandeiros e homens feridos em batalha. Várias mulheres ajudavam a alimentar e cuidar dos pacientes, muitas outras apenas choravam.

– Seu amigo é forte, e até poderia resistir ao ferimento... – o curandeiro começou a explicar a Aisling.

– Posso vê-lo?! – ela interrompeu, e cruzou por ele, correndo em direção à humilde cama onde ele havia sido alojado.

Dharon dormia, mas estava longe de parecer tranquilo. Estava com o punho cerrado, e todos os músculos de seu rosto estavam comprimidos em uma inconfundível expressão de dor. O curativo recém feito em seu abdome já estava encharcado de um anormal sangue roxo.

– Nunca vi nada igual... – disse o curandeiro. – Ele está tomado por esse... veneno... que drena toda sua energia. Acredito que não irá resistir.

Marian e Desmond observavam enquanto a menina derrubou suas lágrimas sobre o ferimento. Eles vinham demonstrando grande interesse pelos dois, e, no momento, estavam muito preocupados.

– Mas a sacerdotisa disse... – Aisling choramingou – disse que ele estaria curado...

– Sinto muito. – o curandeiro concluiu, e foi cuidar de outro paciente.

Aisling se recostou sobre o peito de Dharon, onde não havia sangue, e continuou a chorar. Ele, por sua vez, abriu os olhos lentamente e passou a mão na cabeça dela.

– Tudo bem... – ele disse. – Não chore.

– Como não? – ela inquiriu, levantando-se. – Viemos até aqui pra quê?! Foi tudo em vão!

– Engano seu... veja os bons amigos que conquistamos! – ele disse, indicando Marian e Desmond. – Veja a diferença que fizemos! Vai tudo ficar bem... agora é hora de voltar. Não se preocupe comigo, você precisa encontrar sua avó – sua voz falhava em alguns momentos.

– Vovó... não sei o que aconteceu com ela...

– Isso... vá procurá-la. Se esqueça de mim – ele disse, e fechou os olhos com força.

– *Impossível!* Você é meu melhor amigo! É a pessoa em quem mais confio! Não posso voltar sem você.

– Aisling... algumas coisas não podem ser mudadas... – ele se esforçou para abrir os olhos novamente, mas já estava sem forças.

– Eu sei. Uma delas é você vir comigo! Sem você, eu não chego nem na metade do caminho. Eu não consigo, e não *quero*! Você vai vir junto, e ponto final!

Dharon desviou o olhar. Ele sabia que não podia mais acompanhá-la em sua jornada. Ela também sabia disso, mas não se conformava.

– Dharon... fique comigo!

Então Dharon sentiu uma forte pontada no peito, que fez seu corpo se contrair por inteiro. Tantas batalhas havia lutado, tantos inimigos derrotado, tantas pessoas tinha salvado... Dharon esperava um dia poder morrer em campo de batalha, derrotado por um inimigo incrivelmente superior, enquanto lutasse por algo em que acreditasse. Era quase uma decepção ter definhado pouco a pouco, como as brasas, que, apesar de não estarem mais em chamas, levam tempo para se resfriar.

O último ataque havia sido forte, é verdade, mas não seria capaz de matá-lo, não fosse o veneno da salamandra. Era apenas o golpe de misericórdia, que vinha para acabar com uma existência cada vez mais insignificante. Seu corpo se contorcia, enquanto a vida se exauria lentamente.

De repente, tudo se tornou silêncio e escuridão. Ele não via mais o aposento ao seu redor, não podia ouvir os soluços dos presentes, e até a dor desapareceu. Como se flutuasse, sentia como se não estivesse em lugar algum. Era um misto de alívio e sonho, irreal e ao mesmo tempo inquietante. E só conseguia pensar em uma pessoa:

– Aisling, você está aí?

– Dharon! DHARON! – ela gritava, mas ele não podia ouvir. – Não me deixe! Fala comigo! Olha pra mim! – as lágrimas rolavam em abundância.

Marian abaixou o rosto para esconder uma lágrima de compadecimento, e Desmond a abraçou. Ambos se entristeceram, e sabiam que teriam que ajudar Aisling a superar a perda. Eles já estavam habituados a lidar com a morte, mas Aisling não desistiria tão facilmente. Estava decidida: ele seria curado de um jeito ou de outro!

Aisling se debruçou sobre ele, colocou as mãos em seu rosto e o beijou na testa. Em seu beijo, depositou todo seu carinho, toda sua amizade. Tudo o que queria fazer, onde queria ir, seus objetivos, seus sonhos tudo! Tudo o que queria conquistar com ele.

Mesmo imerso em escuridão, Dharon sentiu um calor emanar dos lábios da garota e se alastrar por todo seu corpo. E por onde ele passava, seus músculos relaxavam e sua pele se corava. Ele sentiu o calor descer por seu pescoço, passar por seu tórax e atingir seu ferimento, e prosseguir até tocar seus pés.

Marian e Desmond se voltaram para eles, admirados, e custaram a entender o que estava acontecendo. O beijo de Aisling provocara leves ondulações no ar ao seu redor, e uma tênue luz emanava de todo o corpo do rapaz. Aqueles que foram tocados pela luz, imediatamente sentiram uma nova energia brotar em seus corações, e até mesmo Marian e Desmond, que não estavam muito feridos, sentiram suas forças serem renovadas. Era a graça da sacerdotisa que os envolvia.

A luz e o calor tomaram Dharon por completo, e ele lentamente abriu os olhos. Sentou-se na cama, ao lado de Aisling, e olhou para seu próprio pulso, admirado. Em suas veias, corria um vigoroso sangue vermelho, em seu abdome, o ferimento estava cicatrizado. Ele se sentia incrivelmente vivo, pronto para encarar qualquer batalha que lhe propusessem.

– Estou... ótimo! – falou, admirado.

Aisling abraçou Dharon com força, e ele retribuiu. Os dois não seriam separados por nada nesse mundo, pois algo mais forte os ligava.

Epílogo

Vários dias se passaram, sem que houvesse mais invasões à região da Grande Cordilheira. Os exércitos, tanto de Vulcannus quanto de Hynneldor, precisariam de algum tempo para se reorganizar.

A Resistência estava aos pedaços, e todo esforço era em prol de sua reconstrução. Aisling e Dharon ajudavam como podiam, enquanto aguardavam por um momento mais propício para partir. Foi enquanto trabalhavam na reconstrução de uma casa, que Marian foi falar com eles.

– Chegou uma carta! – ela disse, e parecia incrédula.

– Uma carta? Pra quem? – perguntou Aisling.

– É uma carta... para *você!* – ela disse, e esticou um pergaminho enrolado, para a menina.

– Me deixe ver isso! – Dharon se intrometeu, e tomou a carta da mão de Marian. – Aisling, é da sua avó!

– Vovó? Como ela sabe que estou aqui?!

– A pergunta é como ela conseguiu fazer essa carta chegar! – disse Marian. – Quem a trouxe até mim foi... Roux!

– E o que diz? – Aisling logo quis saber.

– Ela diz que está bem – Dharon respondeu, lendo a carta.

– Que ainda está em Vulcannus, e que, a essa hora, você já deve ter descoberto sua... *origem.*

– Minha origem?

– Faz todo sentido! – Marian disse, animada. – Roux, o santuário, os lobos, a cura de Dharon... Isso tudo só pode significar uma coisa: você é descendente de Hynneldor! Não há dúvidas!

– Oh! – Aisling estava admirada.

– Não fala de mim na carta... será que ela pensa que eu morri? – Dharon prosseguiu. – Ah! Ela termina dizendo que está te esperando... Em *Merodraeth!*

– Sua avó quer que você vá sozinha até a capital de Vulcannus?! Isso é loucura!

– A vovó... ela sabe das coisas. – Aisling explicou a Marian. – Se ela quer que eu vá até lá, com certeza tem um motivo!

– Marian, tem como responder essa carta? – perguntou Dharon.

– Bom, se eu conseguisse convencer Roux a fazer o que peço... mas é impossível!

– Então eu vou até lá! – Aisling decidiu.

– E eu vou com você! Sempre! – Dharon disse, encerrando o assunto.

■

Longe dali, já tendo recebido informações dos soldados do General Charles, que fugiram ao vê-lo morrer, Kendra aguardava ansiosamente por novidades de Olwyn.

– Coronela, o mensageiro de Merodraeth acaba de chegar. – anunciou o arauto do castelo de Birendra. Apesar de não ser o que esperava, a pistiro se contentou em receber uma mensagem de Vulcannus.

Após ter a autorização de Kendra, o mensageiro logo se pôs

a falar as últimas notícias, que eram três. Em primeiro lugar, ela havia recebido a ordem de promover um tenente a capitão, à sua escolha. Pensou novamente em Olwyn, e desejou sinceramente que a missão obtivesse sucesso.

A segunda notícia era sobre a disputa entre os pistiros, para escolher o próximo a servir no exército de Vulcannus. Já havia muitos anos desde a última edição, em que Kendra fora escolhida, e agora chegava o momento de ter um companheiro de sua raça. Faltavam poucos dias para o início da disputa, então ela não poderia assistir; mas talvez pudesse ir à nomeação do vencedor, que aconteceria após alguns meses.

A última foi a notícia que mais interessou a Kendra:

– A salamandra está pronta, coronela – disse o mensageiro. – Já foi devidamente treinada, e será trazida a Hynneldor para servi-la, assim que possível.

Kendra estava radiante. Aquele seria um ótimo reforço, caso precisassem. Dispensou o mensageiro e comemorou discretamente. Sua alegria, porém, foi interrompida pelo arauto, que retornou à sua presença:

– Os soldados retornaram, coronela.

Ao avistar seu pelotão resumido ao Tenente Yorath e o desenhista, Kendra compreendeu a derrota de imediato. Apesar disso, não descarregou sua ira nos dois. Em vez disso, simplesmente perguntou:

– E o mapa?

Inquieto, o tenente encarou o garoto. Ele estava cansado e dolorido da viagem, amedrontado por tudo o que vira, subjugado pelo poder de seus opressores. Timidamente, estendeu um pedaço de pergaminho para a coronela:

– Está aqui.

CUBO
MÁGICO